真
故
TRUMANSTORY

真实打动世界

新北漂叙事

雷磊 主编

台海出版社

主编	雷磊
监制	雷军
责任编辑	王萍
策划编辑	殷颜晓

文字编辑	成琨
	刘妍
	李一伦
	王大鹏
	温丽虹
	姚璐
	张舒婷

| 封面设计 | 曾杏 |
| 内文版式 | 王晓园 |

传统的北漂概念正趋于消亡，这个庞大群体唯一的共同点简化成了——生存。现实的挤压下，留下或离开都成为难题。好在，这座超级大都市有足够的空间让这些躁动的灵魂得以喘息。

——真实故事计划创始人　雷磊

目录

第一章

离开

从来不是

我的选择

自由是第一要义

从满怀壮志到怀疑人生

摄影：鲁瑶

职场掉队的中年人

职场对中年人不友好，一旦掉队，年龄歧视、被离职如影随形。

一

每次想起昭叔都有种歉疚感。

昭叔是我的前同事，姓周，38岁，头上一年四季油腻腻的，戴一副厚框眼镜，脸上遍布凹凸不平的坑洼。去年9月，我们同一天入职。那天我来得早，在等待入职的间隙，不多久，一个身材健硕、挎着黑色皮包的男人进来了。

"人这么少，嚯，老板还没来吗？人事在哪儿？"

人事小吴紧跟在他后面进来，隔着两三米看了他一会儿，打招呼："周昭是吧，今天来入职的？我是人事小吴，上次见过面。"她边说边敏锐地看向我，冲我咧嘴笑："你来得真早，正好，你们俩一起填资料。"

我和周昭并排坐着，互相瞟了眼对方的职位名称，竟然一样：公关经理。

这家过去几乎躺着就把钱挣了的互联网公司，突发了一场席卷全行业的危机公关，急需要组建公关部，找些有经验的人过来解决妙。

周昭学历各方面都挺好，在一家知名电商媒体干了好些年媒介，又在一家知名互联网公司做了几年公关。这样的简历放到 30 岁以下的年轻人身上算是不错的，但对于快40 岁的中年男人来说就不太妙。

一个人在职场打拼这么多年，快 40 岁了仍然混在底层，这种情况，要不是家里条件太好，无欲无求，要不就是能力资质实在庸碌。

填完资料，他同我说话。

"你看起来很小。"

"今年 23。"

他有些震惊，接着又盘问我的职场经历，最后问到我在这家公司做什么。我心里酝酿措辞，想着怎么回答，都是相同的职位。不等我开口，他又说话了："就是个写稿的呗，写通稿对吧。"

从媒体人转型做公关，自然不只是来写稿。一来以往积攒的资源可以直接用上，二来写稿、写声明这种技能也能运用在日常之中。不管做什么，这就是一份工作，我待业太久，想找地儿混口饭吃。

他显然是心高气傲的，接受不了一个23岁的小姑娘和他同级。做公关这件事需要资历，怎么也得在各行业里拼个几年，摸清楚情况才有说话的资格。按照老一辈的偏见或者刻板印象，我的年纪应该刚毕业，或者刚工作一年，怎么就一下混到公关经理，且刚进公司就处理大案子。

我看了他一会儿，迅速点头，不再做解释。

处理危机公关初期，上海的CEO直飞北京。开会的时候，北京老板问："对于事情的后期发酵，你们俩什么看法？你们觉得，像《人民日报》这样的主流媒体会不会报道？如果报道了，我们怎么解决？"

女士优先，老板看着我，我刚开口说了"我觉得"三个字，昭叔就抢着话头先回答了："这个吧，这个问题其实很复杂，怎么说呢？也不是没可能，毕竟背后绑定着这么大一个平台。根据我以前的经验，这些媒体都不是好惹的，以前我在那个哪儿的时候也遇到过类似的问题……"

他一口气说了十来分钟，在场的人都困倦了，其间他时不时咳嗽，或者甩动额前的刘海，努力显示自己话语里的专业性。老板们非常礼貌地听完，没有打断他，接着又转过头来问我："你呢，你怎么看？"

"我觉得报道的可能性很小，因为我们背靠的平台影响力很大，我们公司只是他们商业链中很小的一环。虽然源头在这里，但作为权威性的媒体出手，对于这种行业问题，一般都是揪着典型打。它可能会报道这个平台，但基本上不会直接点我们。

"当然，如果不幸被点名扣帽子了，那就没办法，肯定不能和他们抗争，我们先准备一个全面的道歉声明。"

很久以后，这位年轻貌美的女老板同我说："那天我特别认可你的话，但是没有当场表态，只是后来他抢过你的话头后，我又故意转向你。"

二

处理危机公关的日子，我和昭叔一起连着熬了四五天的夜，不仅聊熟络了，对他还慢慢有了些战友之感。他调侃，给公司惹事的人很聪明，留下各种录音、截图的证据，叫人拿他没办法，"如果你想做个聪明的年轻人，可以学学他，维权有很多种方式"。

从聊过往经历得知，这一年的年中，我们都有一场不愉快的被裁员经历。他的公司试用期6个月，当牛做马大半年后，领导突然换了，一班子人被变相辞退。他不死心地等着转正，新领导直接告诉他："你不适合。"

在另一家公司，同样的事情也真切地发生在我身上，连画面都似曾相识。我对他的亲切感瞬间倍增，觉得他不仅是同事、战友，还是同一条线上的天涯沦落人。

此后，我们中午常约着一起吃饭，他喜欢吃面，我爱吃米饭，他喜欢大个的红烧狮子头，我喜欢小块的炸鸡。吃饭时，我们聊起许多工作之外的事情，比如他的老家。

昭叔的老家在河南的一个农村，因为没有买车，每次回去都很麻烦。作为那个年代村里为数不多的大学生，他一直很骄傲，只是这些年回去得少。

有那么几年他运气好，房价暴涨之前，在北京买了套五十来平方米的房子，不久后又幸运地搞到外地人梦寐以求的北京户口。按信阳老家的标准来说，或者照北京千万人口的北漂来说，他已经算成功的案例。

有时候，昭叔也很怀念老家，想起父亲母亲种着田将自己供出去，自己却回报得很少，便觉得满心羞愧。他很早就开始写文章、写日记，内容大多是关于老家的人和事，担心在北京的高楼大厦里穿梭久了，遗忘那些珍贵的东西。

有一次吃饭的时候，他说："我看了你写的文章，有些挺好的，羡慕你这种将一切记录下来的能力。"这是他第一次夸我，只有我们两个人，非常真诚，当着我的面儿。

当着别人的面，他也夸过我，只是相对差了点味道。

比如有一回，我们和老板聊天。他说："我觉得小林非常优秀，她的作品已经证明了自己写作上的能力，年纪轻轻能像她这样的人很少，她可以专注做这方面的事情。"

老板说："是的，我还打算把媒体关系交给她，未来我们要建立一个强大的关系网，这个让她主导去做。"

他目瞪口呆，愣在那里。

我坐在他对面，回想起面试的时候，两人分别向老板表达过自己对未来工作的期待。我说："我愿意承担一些必要的文字输出工作，但绝不想在公司变成写稿机器。如果这样，为什么不重回媒体？"他说："我做公关很多年，积累了很多资源，最擅长的是媒体关系和舆情，希望等这摊事儿过去以后，老板能把这些交给我来主导——"这些只是最初的期许，老板很聪明，没拒绝，也没点头答应。

我们俩的情况实在尴尬，同一天同一个职位招进两个人，基于过去的职场经验，我总觉得这是一场考验。谁最后干得好就留下谁，另一个利落地收拾东西再见。

不仅我感受到了，他也这么感觉。

于是他铆足了劲，想让我充当一个写稿的角色，我却意外抢了他最想干的活儿，他脸色很难看。和老板闲聊完下楼，我问他："你怎么了？"

他摇头，说没事儿。

三

公关危机尾声，我和昭叔吵架了，因为几件闹心的事儿。

危机结束那几天，公司做一场清算，各部门总结问题，做成PPT交上去，公关部这件事就落在了我的头上。那天我正在外出，老板在群里扔了一个市场部做的东西，写得有理有据，将自己的问题撇得干干净净，把问题都抛给了公关部。老板看到很生气。

昭叔在群里说："这个总结应该是由我们部门来主导的，我们慢了一步，别人就写完了，结果错误整个落在了我们头上。"

他紧接着又说："我们不能再等了，今天晚上我和大家一起熬夜，争取把我们要出的这个PPT做完。"

我看完消息，目瞪口呆，赶紧回公司开会。昭叔坐在那里，被办公室的暖气闷出满脸油光。他说："小林啊，你不要着急，这不是你一个人的事，这是咱们团队的事儿，大家都会尽力帮助你的。"

他说完就走了，我待在公司，写PPT花了一整个晚上。

危机结束后不久，公关部新的活儿又来了，我们要回总部，给各部门做公关技巧培训。为做这个PPT课件，我在公司熬了两个通宵，很快通过了。

昭叔每天7点准时下班，一个星期过去，内容仍然完成得很慢。演练环节，老板没让他通过。这意味着，大家必须花费周末时间，陪他再次演练。

那一阵，所有人加班频繁，或是到公司干活儿，或是在家喘口气，没有人愿意再为这场演练耽误时间，工作群默契地保持沉默。

那个周末老板临时有事，收到消息时，她对陪同在身边的我和另一位同事说，周末演练取消。这句话未曾公开，但公司所有人心里都清楚，老板有事，不必为这事耽误时间了。

直到周六中午 12 点，消息振动，昭叔在群里问："培训演练几点开始？我已经在吃饭，准备去公司。"

那时我在郊区，有些震惊。一位同事迅速给我发来消息："昭叔怎么回事？他脑子没毛病吧？"他说得直接，也不管昭叔光是年纪就大了我们十几岁。

和老板沟通后，我将私下得知周末演练取消的事情说了，表示自己不能来。老板也接着表示，是她的失误，没有及时公开告诉大家。结果，昭叔继续问："小林下周末可以吗？我们不能少了你。"

为什么不能没有我？我明明已经做完自己的工作，不需要再浪费任何人的休息时间。他这样说，反倒像是我拖着大家参加演练。

我有些怒了，想到之前他给我挖的坑，叫我难堪的时候，种种积累终于让我忍无可忍。我发微信说："您在工作群里说的话什么意思？您都快 40 的人了，怎么每次说话都不考虑别人的感受？"

稍后他回复，先针对问题解释了一段，最后说："我劝你最好把'都快四十的人了'这句话删掉，非常伤人。"

四

11 月，部门去上海总部做培训。正式培训前一晚，我们拜访了一位圈内资深人士，同他一道共进晚餐。

昭叔特别高兴，饭桌上喝了点酒，醺得脸都红了。他谈起近期的时事热点，点了根烟，烟雾一圈一圈往外吐："老师，咱们等下一定要加微信，我对您的各种看法太认同了，上海北京才多远，咱们一定要多交流。"

他不仅加了微信，晚上回去后，在酒店房间改 PPT 到深夜。

第二天上午 9 点培训，昭叔打头阵。PPT 突然改了，他对内容的熟稔程度大不如在北京的时候，时不时磕巴、自我纠正，晚上没睡好，脸上不知是紧张冒出的汗还是熬夜未净的油，在投影幽暗的灯光下如同鬼魅。

场子冷得不像样，所有人都盯着手机。老板气得脸都绿了，给我发微信："周昭的内容是不是改了？"我冒出一身冷汗，不知道怎么回复。这位快 40 岁的同事显然犯了另一个大忌：做重大决定前不经过老板同意。

"我想让他走了，到试用期。"老板说。

此时我和昭叔还处于争吵完的冷战中，僵持着很难受。老板在气头上，倘若就地开除，机票都不给报。这是最恶劣的情况了。我担心它真的会发生，决定回酒店后找他喝酒。

"对不起，那天我话说太重了。"我说。

"没事儿，我也想跟你道歉来着。我是直男，不理解我说的那些话错在哪里，后来问我媳妇，经她一解释，好像真是那么回事。我前一段是害了你了。"

在酒店19楼的天台上，我们各自拧开一罐啤酒。昭叔酒量非常不好，不一会儿就上头，慢慢地话多起来。

他说："其实那天和老板闲聊，她的那些话，关于工作板块的划分我很不高兴。我以为你私底下和她说了，她才决定这么做。我想你一个年纪轻轻的姑娘，心机怎么这么深，快赶上职场里的老油条了。"

"我理解你的想法，情理之中。但事实确实不是这样，我什么也没有做。"

他笑了，撩起额前的头发："你看，我的发际线都不像样了，我老了。"

像女人对皱纹的烦恼一样，发际线大约是所有中年男人为之伤心的一件事，昭叔也不例外。他留了摊参差不齐的刘海，每次汇报工作都有意识地甩动起来，努力使自己看起来年轻。

"你真是挺厉害，少见年轻人像你这样沉得住气。每次看见你，我就想到自己，过去那些年是不是太失败了？我现在快40了，和你站在同一起跑线上。你倒是很好，一人吃饱全家不饿，我身后全是大山，房子、车子、老婆，我还没生孩子，不过马上就有了，真是一件可怕的事情。我啊，被压得快喘不过气了。"

他叹了口气，我也随着叹了口气。

早前听他说过，房子在通州，每天上班挤一个半小时地铁，到公司的时候，双肩包被地铁的人流挤成一条干瘪的线。

他是晚婚族，不敢养孩子，但家里三代单传，到他这里断了实在说不过去。老家的父母早年表态，可以不赡养、不回乡，但绝不能不生孩子。

11月的上海已经很冷，天台风大，吹得他瑟缩起裸露的脖子。室外天黑，此刻终于看不清脸上常年泛着的油光，这个一米七五的壮汉蜷缩着，像犯了错后手足无措的孩子。

我也觉着冷了，将自己蜷缩起来。我心里想，倘若真如他所说沉得住气，就不会同他直面吵架，更不会说出不知轻重的话了。

五

从上海回来一个月后，老板有天突然对我说："我决定让周昭走了。"

我感到震惊，又有些难过。老板说过给昭叔机会，到试用期完再看，怎么突然改变主意了？

她说："周昭达不到我的要求，你也看到了。我不是抱着二者取其一的态度招你们进来的，但你确实比他优秀很多。他这周汇报工作你也看到了，没什么可做的，一件事反反复复汇报了三周，到现在还没有给出解决办法。"

我想起她说的是哪件事。不久前，昭叔自信地揽下一摊活儿，我去问他情况的时候，他吐露的信息非常有限，生怕被我抢走。

"我告诉你，我喜欢什么样的汇报方式。首先一件事，你告诉我可行不可行，如果可行，你要怎么去做，大概要花多少时间，多少成本，多少人。你不要每周跟我装模作样汇报一堆工作，最后所有问题还停留在初始阶段。"

我记下老板的话，第二天午饭，有意无意地和昭叔谈起，按照老板的期盼给他建议。他支支吾吾着糊弄过去了，不愿意就手头的工作同我谈太多，许是之前的事还在硌硬。我做了力所能及的，但似乎已经不能改变结果。

那天北京下了场大雪。雪盖住马路，盖住房子，盖住公园里离了枝的枯叶。我和昭叔在楼下散步，聊完工作，故作轻松地让他顺手给我在雪地里拍照。

"我老婆吐槽我拍照丑，你不要嫌弃啊。"

"不嫌弃。"

他给我拍照那一刻，我的眼前出现了幻觉。画面里，漫天大雪盖住一个中年男人沉甸甸的背影，盖着他身后的大山，车贷、房贷，盖着没出世的孩子，盖着他河南老家的双亲。

幻觉很快随着时间消失了，我又出了趟差，回来的时候，北京的雪已经融化，只有郊区人迹稀少的地方还结着冰。周一上班，我隐隐感觉办公室里不大一样，又说不出是哪儿的问题。随后发现，昭叔已经走了。

"你知道吗？小吴和昭叔聊的时候，他竟然拿出手机偷偷录音了。他故意引导她说一些违背劳动法和社会舆论的话，可能想拿录音讹我们一笔，像危机公关捅出事儿的那个人一样。你们做公关的都挺厉害，但小吴更厉害，她发现了，昭叔不走运。"

这是另一位同事小王在昭叔走后几天，和我说的话。

大家像看一场闹剧似的谈论这个事儿。小王说，昭叔录音敲诈公司不成功，最后非常激动，大呼我们是骗子。他说公司无耻，办公室这群女人天天演宫心计。他把每个人都骂了一遍，包括我在内。还把和我的聊天截图给老板，就是那段"您都快40的人了"的话。

他说："这就是你招进来的，这是什么人？我大她多少岁？她竟说出这种话。"

我有些意外，以为在上海天台的酒局上我们已经和解了，之后还尽力帮助他，没想到他竟然记恨到现在。

想起那句令他伤心欲绝的话，我觉得很对不起他。我想我确实伤害了他，且这种伤害永远无法弥补。倘若我到了这个岁数，面对一群穷追猛打、如饥似渴又不懂得尊重前辈的年轻人，面对一个不按常理出牌的企业和老板，落到今时今日这个场面，我不一定比他体面。

等我成了快 40 岁的人，这项罪过再通过另一个 20 来岁的年轻人报复回来，那时候我是什么感受？

不知道，答案还要再等 20 年。

我没能和昭叔好好告别，他大约也不想同任何人告别。这场闹剧很快被遗忘，新人来了，一个二十八九岁的年轻男人。他坐在我对面，客客气气，斯斯文文的，脸上很少泛油光。

有时，我呆呆地望着他的发际线，想起那天晚上在天台，昭叔撩起的发际线。

再过 10 年，那条线大概会变成差不多的模样了。

*根据当事人口述撰写，周昭为化名

文 / 舒月

逐梦演艺圈

在一线城市，逐梦的年轻人来来往往支撑繁荣，如同舞台永远不打烊。而现实中，有梦想会被看作是一个人的弱点，欺哄和压榨总以梦想之名。

一

上午 11 点，历经一小时车程，换乘三次地铁，我从东五环来到丰台。出了宋家庄地铁站，阳光刺得人睁不开眼睛，我慢悠悠地走，额头手心全是汗。

在一家影院的负一层，我见到那个白色月牙形的立体 Logo，旁边紧贴着巨大的花体字：诚心剧社。

几天前我来这儿看过一场即兴喜剧，那天加上我，场内不到 20 个观众。我坐在前排的中心位置，戏演到中后段，演员的目光扫射到我身上，频繁跟我互动，甚至根据我的反应改变剧情的走向。过后他们告诉我，这就是近景即兴喜剧的玩法。

谢幕时，一个戴着黑框眼镜、脸庞白净的壮硕男演员站到前面。他介绍自己叫陈一松，是本剧的导演和编剧，从中央戏剧学院毕业后，他在国家话剧院做了一段时间演员，后来辞职，创立这家剧社，因为做即兴喜剧才是他的初心。

陈社长说，剧社营收不佳，几乎入不敷出。有次，到了开演时间，台下只有一位观众，大家把这个小姑娘围了起来，专门给她演了一场戏。说到这儿，陈社长语气更激动了，眼里泪光闪闪，说哪怕穷得天天吃泡面，哪怕只有一个观众，我们也会演下去，我们存在的意义，就是让到场的每个观众都能笑出声。

灯光十分配合地只保留了一束，打在陈社长身上。我被他的发言触动，差一点热泪盈眶。苦得只吃得起泡面，还能被梦想喂养得如此身形肥硕，有情怀的人多么了不起啊，我心想，照在陈社长身上的，就是梦想的光芒。

小的时候，我也有过演员梦。那时孙悟空是我的偶像，他长生不老，会七十二变，很令我羡慕。我恨人类的寿命比不过孙悟空，活几十年就没了，能体验的人生实在有限。看电视时，我总幻想自己钻进电视机，参与那些电视剧、动画片的剧情。

高考时，我报过几个艺术学校的表演专业，均没通过校考，最后被一所综合类大学录取。大三实习，我奔着做演员的目标来到北京。我查过，北京的剧场，大大小小，共80多处。招聘网站上，有影视公司连续发了50多条招聘启事。演员缺口如此之大，一定有我能演的戏。

但来京一个多月，我投出的个人简历均无后文。仅有一次，一个办公地点在四惠的影视公司约我面试，接待我的男人自称许老师，问了我几个"学校""专业"之类的问题，就提出收身份证登记，说公司包食宿，入职新人会请中戏的老师来带。

听到要收身份证，我有点怀疑这家公司的可信度，追问："是表演系的老师吗？"他闪烁其词，绕过我的问题，一味地催促我交身份证。我看他不像老师，倒像是骗子，转身走了。

没有工作的日子，我整天在胡同里逛荡，或是翻看票务网站上有什么话剧，拣个票价便宜的去看。

在诚心剧社，听到陈社长那番慷慨陈词，我产生了加入他们的想法。

2017年9月14日上午，我再一次推开剧场大门。演员们正在台上排练，一个留着胡子、皮肤黝黑的男人抬眼看了看我，问："是来面试的吗？"

我点点头。男人引我走到观众席后方，边走边自我介绍，他叫吕奔，是副社长，又问我老家哪儿的。得到"东北"这个答案，他挺兴奋，说："我也是东北的，你哪旮瘩的呢，以后遇到什么困难，就找奔哥，别不好意思。"

结束一番客套，他推开一扇隐蔽的门，不到10平方米的小屋子，摆着管控音响灯光的设备和几把椅子。陈社长坐在里头，表情严肃，给人一种很厉害的感觉。问过我的基本情况后，他介绍剧社的待遇，平时没有工资、年终奖，会基于票房收入和演员们的上戏比例一次性分配酬劳，不包食宿。他解释，剧场租金不菲，卖的票钱抵不上，都要他自掏腰包，不过，进了剧社，保证能学到东西。

了解到我住在定福庄，社长眉头紧锁，问我："真想来剧社吗？想来就赶紧搬家。我们每天早上8点出早功，之后上课、排练，每天都得到很晚，住得远怕是跟不上趟儿。"我赶紧说自己不怕起早，以前在学校广播台，天天都要出早功的。

陈社长要我明天来剧社，先试课一周，再进行表演考核，考核通过才能留下，等会儿他们有一场戏，我可以待在这儿看。末了他强调，不用买票。

我仿佛受到某种恩赐，开心得不得了。坐在角落的我开始幻想，未来某天，自己也能在台上演戏：戏台拉开帷幕，灯光变幻，演员逐个登场。

两年后，我看到一段话，人一旦有幻想便容易想入非非，便容易走火入魔，便容易上当受骗。

二

我开始了早出晚归的奔波生活。清早 6 点钟起床，倒三趟地铁到剧社，出早功、上课、看老演员们演戏，有时还负责卖票。一整天结束，勉强赶得上最后一班回家的地铁。

来剧社第一天，我就出了差错。帮忙检票时，我一紧张，把专门用来扫二维码的手机摔到了地上。陈社长站在旁边，数落我："你这心理素质，以后上台表演可咋整，还想让你当女主角呢。"

我心一凉，这下可好，把女主角的机会给摔没了。

我偷偷问一个女演员："我会不会过不了考核啊？"她语气笃定，说我肯定能留下来，因为社长很喜欢我。

"真的吗？"我难以置信。面试的时候，陈社长始终不苟言笑，我以为自己肯定没戏了。我问她是怎么看出来的，她没正面回应，只是感叹，她在剧社待了一年多，还没演过女主，一直是跑龙套的。

女演员叫莺子，1990 年生。演不到女主，莺子认为自己是输在外貌上，社长总说她长得丑，只能演老太太、大妈或者搞笑的角色。她个头不高，微胖，五官虽说不上好看，可也绝不至于丑。但对于社长的评价，她深信不疑。

当时剧社还有两位女演员，演女主的女生擅长舞蹈，说话细声细语，气质像韩雪。另一位叫闪闪的女演员外貌条件不太出众，她患有癫痫，因此，社长不敢让她在台上演太久。

上了一周的课，我惦记着社长说的表演考核，追着问他："我能留下来吗？什么时候进行考核？"他一副漫不经心的样子，随口应了"可以"，没提表演考核的事。

后来剧社又来了两个新人，我发现，主动来面试的，不论条件，都会被邀请试课，试着试着就留了下来。

我们的表演课分三类：一类是主题表演，演员们分成两组，每组分得一个词语，各派出一个演员演一场即兴小品，最终戏落回到哪个主题，就算哪个组赢；一类是"喜欢和讨厌"，每个人分别说出喜欢、讨厌在场的某个人，并把表达过程演出来，喜欢可以是任何类型的喜欢，亲情、友情或爱情，讨厌也可以是各种各样的讨厌；还有一类表演课，是解放天性，我们会模仿一条狗或一头猪，还有不同身份的人。

社长说，每个人活在世界上，都戴着面具，但我们在表演的时候，要撕下这些伪装，把自己变成一张白纸，再把角色的属性套在自己身上，这样，角色才能演得活、演得真。他让我们说出埋在心底最难以启齿的秘密，这个过程，叫"撕面具"。

他做了个示范，讲他漂亮清纯的初恋女友，与他相恋多年，最后把他绿了，很让他受伤。讲完，他突然看向我，说我跟他的初恋气质很像。

我感到尴尬，不知道他到底想夸我还是骂我，不过他的故事也让我想起我的初恋。高中时，我曾为了初恋男友离家出走，他却突然玩失踪。到大学我才知道，他和我的好朋友在一起了。我把这个故事讲了出来。

剧社里的每个人都有伤痕，听完每个故事，大家就抒发一阵同情。轮到莺子时，她是哭着讲的。

莺子家在农村，有个弟弟，从小到大，她在那个重男轻女的家里找不到一丁点存在感，立志以后要离家远远的。大学毕业后，她自学日语，跑到日本打工。后来在一次"喜欢和讨厌"的表演练习中，莺子说她讨厌我，因为我让她想起了她的弟弟。在家，父母的目光始终聚焦在弟弟身上，而她没人爱。自打我来到剧社，社长天天夸我会演戏，眼里有灵气，腿又长，更加不关注她了。

那个叫闪闪的女演员，因为患癫痫，上学时被校园霸凌过。她自认不是一个叫人喜欢的女生，总是讨好别人，避免遭到更多排挤。对异性，她更是会释放暧昧信号，做出大尺度的举动。一次表演练习，闪闪演妓女，其实只要象征性地搂搂抱抱就能过关，但她伸手去解了男生的裤子。

男生吓坏了，社长倒觉得她放得开、不怯场，说一定要帮她圆梦，表演梦。

社长极爱看我们演渣男出轨、原配撕第三者的情节，上表演课，永远逃不脱这类戏码。我想，或许是因为他曾被女友狠狠伤害过。

表演练习时，大家都很投入，尤其是有过情伤的人，在社长的引导下，我们用一种近乎发泄的方式重复过往的感受，然后煞有介事地把它转化成对表演的热忱。

有次，我过于入戏，情绪失控，把一个扮演渣男的男演员脸扇肿了。

三

大学时，我报过一个表演培训班，是个女老师授课。她教我们，演员的戏是互相给的，一定要懂得团结协作，学会给予。但社长的表演课，一直把演员们分成两组，形成敌对关系，鼓动大家互相抢戏。

我感到不适，但不敢当面质疑。社长性格强势，总强调他专业上的权威，频频提起自己是中戏毕业的研究生。他上课时问我们，演戏时问观众："看过话剧《荆轲刺秦王》没有？里面的秦王就是我演的。"

私底下我跟其他演员吐槽："演戏怎么能有这样的竞争关系？"大家不置可否。

除了我，无论老演员还是新人，都没在剧社以外的地方上过正经的表演培训课，在横店漂过、当过群演的，已是最高从业资历。他们怀着表演梦，被各个剧组、剧社拒绝，几番周折后来到这里。

北京的大剧场，无名之辈根本进不去，小剧场大都集中在东城区，以实验艺术戏剧为主，也不待见我们这样的演员。常抛来橄榄枝的，是些诈骗性质的演艺公司，工商网站上根本查不到，剧社里不少人都被骗过。

偶尔中午吃饭，一些老演员会凑到一块，背着社长谈论行业动向，交流手里的资源，哪里哪里有演戏的机会。

论演戏，经验最丰富的，是一个18岁的男孩。他自小习武，十几岁就开始做群演，跑过很多龙套，一晃三四年，没混出名堂。他劝大家打消跑组的念头，在剧组，穿得脏脏，吃住都差劲，还不如在剧社，好歹能学学表演，到台上演戏，灯光一打，多体面。

来剧社的第二周，我开始上台演戏了。我演的是个小角色，但那种被观众注目、掌声围绕的感觉，足够让我激动整夜。

我感受到了站在台上的快乐，也希望观众们感受到快乐，是台下的他们成就了我们，将这场戏变得完整。甚至，我有点明白社长为什么每次谢幕时都要长篇大论地发言了。一个演员渴望站在台上的时间，永远比观众希望他站的时间要久。

隔一个月，老演员们突然抱团撤出剧社，一下子走了5个，其中包括女主角。传闻，走之前，他们和社长大吵一架，原因不明。社长说，他们是翅膀硬了，把剧社当跳板，一个个都没良心。

当时社长根据老演员们的特质写了个新剧本，已经演了几场，很受欢迎。老演员们走得突然，他不得不跟已经购票的观众解释。在台上，他语气郑重，说演员们在剧社习得了一身本领，现在有更好的发展，他虽不舍，但也由衷地替他们高兴。

原女主的离开，让莺子嗅到了等待已久的机会。她拿着剧本问社长，她可不可以演女主。社长说她不符合角色清纯的特性，拒绝了。莺子又问，那女二呢？社长仍摇头，说，不够妩媚。

最后，社长叫我紧急加练女主的戏，其他新人演员也都顶替了老演员的角色。晚上赶不及地铁的，男演员住社长家，女演员由剧社出钱，安排住胶囊旅馆。

第一晚排练结束，已经零点过半小时，我们去了那个所谓的"胶囊旅馆"，发现是一个打通了墙壁的大房子，隔成30多个小单间，每间3平方米，里头摆了一张窄小的床。房间与房间之间的隔板，跟天花板没有连接，留了几十厘米的距离。站到床上，就能看见隔壁房的人，是男女混住的。

社长租了个二居室，他和女友住主卧，次卧住着副社长和副社长的父亲，客厅睡了3个男演员。其中一个在老演员出走之后顺利上位，成了剧社的台柱子，开始掌管剧社的资金和内务。

一栋房子睡了7个人，是我当时很难接受的事，但随后不久，我也加入了这样的群体生活。

紧密排练新戏的两周，我们夜夜加练到后半夜，没人抱怨辛苦，反而因为朝夕相处，加深了对彼此的了解和信任。我和几个住得远的演员打算在剧社附近合租一个房子。

2017年11月，我从东五环的小次卧搬到了丰台一个更小的次卧，跟我一起合租的，是3个男孩。我们租了个50多平方米的二居室，离剧社步行10分钟的距离。主卧住了一个热爱演戏的富二代，承担房租大头，1800块，我的房间是1200块。客厅摆了两张沙发床，两个男孩睡在上面，共摊1000块。

签合同那天，社长也在，他帮我们跟房东谈条件，从押一付六讲到押一付一。

即使是1200块的月付房租，于我而言，也是一笔不小的开销。加入剧社后，我彻底失去经济来源，只能靠妈妈偶尔接济。

搬进新房没多久，富二代浑身长满了疹子，排练或上课时，总忍不住伸手去抓。检查后发现，是房间里的小虫子咬的。

他没有搬家，只是减少了去剧社的次数，依旧每晚等我们回家一起开黑。大概对有钱人来说，体验穷苦跟演戏一样，是件乐和的事儿。

四

判断一个人对梦想的渴望程度，就要看他肯为之牺牲多少。闲聊时，副社长吕奔和我说，最初他没想跟社长创办剧社，但社长多次上门找他聊，很是诚心。他手里没什么钱，为了办剧社，在家里一哭二闹三上吊，逼父母掏了10万。

副社长将这看作是对剧社的伟大付出，我心头一震，不知该回应什么。他察觉到我神情讶异，又说："嗨，还好现在我有钱了。"

我干笑了两声。剧社年年亏损，他哪来的钱呢？

有一天，一对穿着得体的母女来看戏，谢幕后专门找到社长，指出剧情设置的逻辑漏洞。母亲语气和善，说她的女儿在读艺术高中，常编排话剧，以后也会考相关高校。

社长投去鄙夷的目光，态度居高临下，又开始摆出自己"中戏研究生""国家级话剧演员"的身份。女儿察觉到不对劲，扯扯母亲的衣角，说咱们回家吧。

我和演员们站在旁边面面相觑。当晚的总结会，社长突然岔开话题，攻击这对母女，说小女孩读的是垃圾学校，什么也不懂。说话时他眼神威慑似的扫过我们，空气安静异常，见没人附和，他的眼光又慢慢黯淡下去。

这天晚上回家，向来不爱八卦、睡在客厅的一个男演员突然爆料，问我们知道吗，其实社长的身份是假的。他查过，社长并非毕业于中戏，也不是国家话剧院的演员。

爆料的男演员和我一般大，比我早半年来到剧社。另一位演员在旁边补充，其实剧社没社长说的那么潦倒，只是钱都扣着不给我们，他看过电脑上的财务报表，还有剧场的承租凭证。他怀疑那些钱，是被社长、副社长和台柱子三个人瓜分了。

我很震惊，问他们，既然清楚社长是骗子，为啥还要在剧社待着。他们不假思索："也找不到别的能演戏的地方啊。"

我问这些事都谁知道，他们说，上一批出走的老演员，就是因为日子实在过下去，要钱不给，受不了才走的。

爆料的男演员正在谋划离开剧社。他和副社长一直排练的是同一个角色的戏，但每次，上台演的都是副社长。他感到自己被打压了，心里很不平衡。

另一位男演员选择了留下。来剧社之前，他在老家县城做手机销售，做梦都想当演员，现在他有戏可演，还是社长为自己量身定做的角色，他要等实在撑不下去了再走。

我琢磨着，自己现在还是女主角，不能撂挑子不管，且在心底，我依然迷恋着戏台。我想先找个兼职，往几个公司投去简历。在新的简历上，我增加了剧社演员的身份。

也许是剧社演员的履历起了作用，这次，很快有公司回应我。我跟对方在招聘 App 上聊了几句，约好次日上午面试。

第二天，我跟剧社请了假，坐地铁到国贸面试。按照昨天的约定，出了地铁，我拨打了对方留给我的电话。电话拨通后，响了很久彩铃，却一直没人接。我连着打了五六次，最后一次，对方关机了。

我依照招聘 App 上写的地址找过去，发现根本没有那个地方。我傻眼，又是骗局。

离开的念头受阻，我又在剧社待了几个月。第二年春末，剧社终于开始给演员们分票房，我分到了 3000 多块，质问社长怎么这么少，他说是因为我刚来剧社的几个月总是迟到，扣了一些钱。其他演员和我拿到的差不多，甚至，有好几个戏少的，只拿到了几百块。收入最多的是台柱子，达 7000 多块。

之后不久，我因为一场戏跟副社长起了冲突。当天，我正和副社长在化妆间对峙着，台柱子突然从化妆间内侧的更衣室里冒了出来，斥骂我讲话阴阳怪气。一位女演员路过，听到化妆间里的喧闹，走了进来，二人矛盾顿时升级为群体矛盾。

台柱子责问女演员，为什么无故朝他发火。女演员转头看了看我，说："因为你骂了她，她是我的朋友。"

那位女演员，我们曾在一次表演练习里扮演第三者和原配，互扇了好几个巴掌。因为这场冲突，我们一起离开了剧社。

听说上一批离开剧社的老演员，有的去当了群演，有的在密室逃脱的店里，演唬人的鬼怪。跟他们同期进入剧社的老演员，只剩下了莺子，她依然在等待着一个当女主角的机会。

*本文根据当事人口述撰写，信息有模糊

文／刘妍

辞退风波里的 HR

对老板负责、为员工服务的 HR（公司人事），在职业角色和个人情感之间艰难行事，发酵为大时代中一种特别的职场命运。

一

晚间 9 点，下班时间已过，望京的办公楼依旧灯火通明，蒋维国靠在椅子上双手一摊，满脸写着无奈："供应商的货卡在国外进不来，我能怎么办？你说我还能怎么办？"

张敏将纸杯往他面前一推，尽量用柔和的声音说道："现在大环境都不好，公司目前的状况你也知道，每个人工作都有困难，你没完成任务量，我也没办法。"

对张敏来说，即将被辞退的蒋维国就像案板上的鱼，还在做徒劳挣扎，举刀的人看似是她，可这刀何时落下，并非她一个 HR 所能决定。

2018 年，张敏和同事的日子都不好过。受关税、政策等因素影响，电商行业一夜之间受到影响，张敏所供职的小型电商公司举步维艰，到了年底，不得不加紧裁员。

几天前，领导拟好裁员名单发到人事部门，上面密密麻麻写满了名字，张敏往下滑了两次鼠标，熟悉的人名在电脑上一一闪过。还好，没有自己。

被叫来谈话的人大多面色凝重，刚开始张敏还想说两句工作话题，缓和气氛。进来的人多了，她发现，那是没有必要的客套。

几乎所有人都对走进这间屋子的结果心知肚明，他们开门见山地谈好赔偿协议，领了单子，立刻转身离开，不对张敏多说一句话。

偶尔有人情绪激动，不停拍着桌子，向她陈述工作上的客观困难，也不过是试图寻找留下的机会，或在争取赔偿金上，占据有利地位。

拉扯持续了半个多小时，无论她怎么劝说，蒋维国始终无法接受被辞退的现实。最后，他抛下一句要去劳动仲裁，甩手摔上了门。

张敏愣了一会儿，揉了揉脸，点开钉钉，叫下一个被辞退的人进来。

一两天时间，张敏和同事送走了近百名员工，办公室变得有些空荡。她知道不少空闲工位背后的故事，采购部门的大哥刚刚结婚，运营部门的小姑娘是她前不久亲手招进来的，技术部门的小哥刚被上一家公司裁员，在这儿还没转正，又要离开。

可这又是一场必要的裁员活动。为了在这个冬天活下去，公司制定了比以往更为严格的业绩考核，没能达到目标的人，将被率先甩下船去。而一旦领导发号施令，张敏就不得不推同事下船。

电商行业蓬勃发展了几年，很少有大规模的辞退浪潮。这段时间同事依旧对张敏维持着职场上的礼貌，但电梯里碰见常常是双方都难掩尴尬。也有些人私下向她打听公司到底出了什么事，还会不会再次裁员。

可张敏表示她只是个不知情的执行人，甚至不知道下一个被裁的会不会是自己时，就能看到对方脸上闪过不信任的神情。

第一次人事动荡后，领导召开了几次全员大会，再三强调公司运转没有问题，被辞退的人均为业绩不合格，剩下的人不用担心，但也同时私下向人力部门传达了多留意员工的指令。

辞退风波后，张敏的工作任务多了一项，记录每天离开最早的员工。

二

这几乎是行业公开的秘密，HR 常被要求暗中观察员工行为。

早走的人会被看作工作不认真，在工作日请假，被认为可能是要面试新公司。对员工的考察渗透在各个方面，有些 HR 会定期查看员工在招聘网站上的简历，一旦发现更新，便会通知部门主管，及时了解员工动向。

谢安也曾做过这项"侦察"工作。那时他刚毕业，进入国内一家顶级互联网公司做 HR，主管交代他留心员工状态，及时汇报。刚开始，他以为这家以员工福利出名的公司，会询问员工是否有困难，要不要公司帮忙解决。后来才发现，这样的场景只会在童话故事中上演。

事实上，他的任务是让领导知道哪位员工即将离开，提前储备人选。

谁都不希望同事时刻提防自己，被卡在老板与员工之间的 HR，通常会用"尴尬"形容自己的工作。

李梦大学毕业后，成了一家金融公司的 HR，接手的第一项工作便是站在台前，向十几位总监讲公司的历史文化，传达高层的价值观与导向。那时，她常把讲话内容逐字写下，对着镜子反复练习说话神情，却总因资历尚浅，受到轻视。

长期上传下达的工作，让她不得不熟练掌握谈话艺术。在谈到自己供职的第二家公司时，李梦脱口而出："那家公司招聘门槛……"随即又咽下话头，说道："那家公司的员工入职后都要经过专业培训，才能上岗教学，这也是对学生负责。"

李梦提及的是一家知名互联网教育公司。教培行业人员流动大，那时她每天要看上百封简历，见几十位应聘者，为公司寻觅合适人选。但没有任何一位应聘者能给她留下深刻印象，面试时，人往往会展现出最妥帖的一面，各项能力化作打分栏，逐个被 HR 审视。

倒是裁员时的众生百态让她至今难以忘怀。刚毕业的学生大多会因失去工作垂头丧气，满脸写着忐忑。在职场磨炼了几年的人通常会冷静地与她沟通赔偿金额。而上有老下有小的中年人让她最难以下手，除了工作问题，他们不会多说什么，却在走出门后一声接着一声地叹气。

裁员过程中 HR 常被看作优势一方，可实际工作中，李梦也遇到过脾气暴躁的人对她破口大骂，和之前面试时判若两人，还有人看似客气，却暗暗给她设下陷阱。

刚入职时，曾有主动离职的人在钉钉上问她："我是被辞退的员工，需要找你办哪些手续？"李梦没有经验，直接回答了他的问题。转眼员工就拿着聊天截图，作为辞退证据，向公司索要赔偿金。

公司每天都有人出现和离开，有些甚至是她前几天刚招进来的人，转眼又坐到了被辞退的席位上。经历的次数多了，流程逐渐磨平了感性的触角。

第一次裁员前，李梦还纠结了很久。员工连续两个月绩效不合格，在此之前，李梦找他聊过很多次，想提醒他留心即将出现的问题，但最终看到主管将辞退的红线画到了他的名字上，还是只能狠心约谈。

对方似乎比她更加坦荡，平静地接受了结果，不到 10 分钟便办完手续离开了公司。

时间久了，李梦渐渐接受了这个角色，进入 HR 行业，裁员成了她必须面对的工作。即便很多时候，员工与公司间的利益纠葛，都并非她所能掌控。

三

谢安记得，前几年市场环境好，互联网公司大多带着光环。同行向他描绘校招场景，成千上万的大学生，挤着往前送简历。回到酒店，HR 会抽出一沓简历向天上一抛，纸片雪花般散落，他们只看能落在床上的幸运儿，剩下的就扫进垃圾桶。

短短几年过去，各行各业潮起潮落。如今的裁员也是一样，纷纷乱乱，说不准谁是"落在床上"的那一个，谁又会被急匆匆地抛弃。

刚入职场时，谢安还会为裁掉一名实习生而愧疚，主动提出帮他优化简历，推荐下一份工作。那时他面对职业还有很多犹豫挣扎的时刻，如今 8 年过去，身处辞退潮中，谢安只好自我安慰："离开一份不合适的工作，也许不是坏事。"

2017 年刚入职时，电商行业还处于向上发展的趋势，公司扩张很快，张敏经常会被同事拉过去帮忙招聘，很少面对裁人的场面。没想到一夕之间，凋零迅速来临。

零星的裁员还在继续，她有时会想，那些走掉的同事都去了哪里，她又将去哪里。行业寒冬下，找一份新的工作并不容易，同行群里已经很少有招聘消息，可离开的人似乎是想忘掉那段坎坷的回忆，都不愿与她保持联系。

第二次大规模裁员在3个月后到来，这次甚至没有了明确标准，像是一场没有规则的大逃杀，被写上名单的人，必须离开。

裁员任务艰巨，领导交代她在谈话前，要提前了解好员工的性格特点，并特意强调要"软硬皆施，软的不行，就来硬的"。

她不用问也知道硬的方式是什么。脉脉上关于HR逼人离职的吐槽永不停歇，左右不过是设置工作障碍，记录迟到早退，转岗到不合适的部门，为员工定下无法完成的任务量……

这次很多业绩优秀的同事也领到了走人通知，被叫来会议室的人都在质问"凭什么是我"。

张敏猜测，大概是因为他们工资太高。公司正在同时招聘应届学生，那是目前就业市场上最划算的员工。

但张敏不会详聊这些话，此时她必须想尽办法，让同事离开。领导已经说得很清楚："裁不掉他，被裁的就是你了。"

＊蒋维国、张敏等为化名

文／马延君

从风口坠落的创业天才

创业艰难，人各有长。君子相交，不出恶言。

一

2014 年年底，我在房山做了半年自由撰稿人。在行业前辈老陈的带领下，我进了一家新公司。公司主要经营一款移动互联网创作类 App，任意用户均可用手机在上面进行创作和阅读。

在我和老陈的欢迎仪式上，总经理王老板信心满满地说："总公司给我们投了一千万，现在，公司又加入了像你们这样的专业人才。我相信，不久后，我们肯定能做成中国最好的移动互联网写作类 App！"

那时候，国家刚提出"大众创业，万众创新"的口号，各行各业都掀起一股创业潮，移动互联网领域的融资投资也一片火热。

王老板又高又帅，浑身肌肉，发言时手插进口袋，像偶像剧里的"霸道总裁"。后来我才知道，公司里的女同事私下都这么喊他。王老板意气风发，老陈和我也干劲十足。

我们进了内容部，内容部由孙总负责。他曾是一家知名写作网站的创始人，发掘和策划过很多优秀的网络小说，大多数都畅销又受到好评。

不过，入职的第一天，我就觉得公司的机构设定有些奇怪。公司里有四个主要部门：市场部、产品部、技术部、内容部。通常，内容部是写作类 App 的核心部门，但我们部门只有孙总、老陈和我三个人。而其他部门全部满员，光技术人员就有十多个。

前两周，我的工作是熟悉 App 后台的操作，筛选出合适的作品展示在首页。我挑选出一批文学性较强，并能给人带来思考和启发的作品，准备上传时，发现 App 首页已经更新，多是"小鲜肉"的粉丝虚构出的同人小说，或是"霸道总裁爱上灰姑娘"一类的文章。这与我们想推荐给用户的内容，引导的 App 创作风向严重不符。

我问老陈这是什么情况，老陈表示他也不清楚，只知道是王老板授意的。在次日的数据日报上，我发现这些作品阅读数据非常高，这让我和老陈都特别惊讶。

老陈那边也很诡异。时常有公司的高层人员去他的工位上，把正在工作的老陈拉到楼道里窃窃私语。下班后，我问老陈："是有什么事儿吗？"老陈欲言又止。

一个月后，老陈突然离职了。

我很不解，也很慌张。他办完手续，我拉他到楼下，问究竟怎么回事。他叹口气："王老板和孙总应该是不和。这段时间，常有各种人试探我是不是要取代孙总的位置，我猜这是王老板指使的。我不喜欢这种尔虞我诈的环境。但你刚进入职场不久，公司平台不错，孙总是行业大佬，你跟着他能学到不少东西。"

二

老陈走后，有很多人来公司面试，但大多都是去市场部应聘。半个月后，内容部才招进两个新同事，包括一个传统行业的出版人小刘，部门人员的配置渐渐满编。不过加上孙总只有 5 个人，不及市场部的二分之一。

在部门会议上，孙总鼓励地看着我们："要质不要量。你们都具备独当一面的能力，都有一番作为。如果工作强度增加，咱们再招人。"

我们一起讨论部门的工作方向：确定 App 要发展的几个小说类别；每人负责一个，发掘优质作品和签约一定数量的成熟作者。

签约作者需要钱，王老板掌握着公司的财政大权，却不给我们批预算。我们想签约作者，但部门没有经费。

我很快感觉到王老板和孙总之间暗流涌动的气氛。好几次，我看到两人在楼道旁说话。多数情况下，王老板一脸愠色，嘴巴快速张合，还用手指着天空，似乎是在训人。孙总一直盯着前方的空气，只听不说，偶尔点一下头，脸涨得通红。

新来的同事小刘跟我很要好。他告诉我，王老板和孙总在 App 运营上有分歧。王老板认为人都有猎奇和从众心理，他想通过砸钱在各个网络入口宣传，用户看到后就会蜂拥而至；在内容上，我们要迎合用户，用户喜欢的，就是最好的。

孙总觉得不能通过砸钱来吸引用户。他坚持以内容为本，通过内容去吸引用户，流入的用户素质也高。凭借优质内容和用户，我们这款 App 迟早能成为精品品牌。

不过，两人谁也没能说服对方。

总公司当初投入的一千万，几乎都花在王老板带领的市场部，主要用来增加用户量。某次我们和市场总监私下聊天，她得意地说："王老板给我的任务指标是至少要花出去一百万，我不花完还不好交差呢。"

市场部在各网站和应用上投放广告，还找营销公司购买注册量来提升用户数据。每天早上，技术部门在公司大群发用户增长日报，快的时候，App 用户一天净增长四五千人。App 上线半年不到，日活跃量突破了 10 万大关。

由于数据好看，市场总监高薪优待，在国贸租了个很大的一居室，连房租也全额报销。而我们部门在公司最不受待见。

三

不久后，王老板在微博上买了热搜，还安排发布会和采访。一些电视台和网站的人扛着机器来给公司拍宣传片，公司所有的漂亮女同事都被叫去，王老板站在中间，交叉着手，越发像偶像剧里的"霸道总裁"。

网站发布的通稿上，重点介绍王老板创业新贵的形象，却未提及它存在的目的是为作者和读者服务，生产优质内容。同样被忘记的，还有我们内容部。

在部门会议上，我情绪激动地对孙总说："每月给市场部那么多钱做推广，我们却没有预算签一些优质的作者和作品。数据做得好看，平台却没有拿得出手的作品。对一个内容 App 来说，就是行业笑话。"

小刘也附和道："这样吸引来的用户，也留不住。"

那时，我们也会研究同类写作 App，虽然用户数增长速度不快，但内容优良，作者创作度也很活跃，看似发展缓慢，却很良性。

孙总打断我："你们说这些谁不知道？他（王老板）有自己的发展思路。一个公司，领头人是核心，别抱怨，做好本职工作。"顿了顿又说："我和他商量，给我们部门一些预算。"

其实宣传活动之前，孙总就向王老板提议，等 App 有了足够优秀的作品再进行大范围的推广宣传，王老板置若罔闻。两人的争执闹到集团公司的高层会议上。高层从中调和，他们才在表面暂时停战。不过私下，我没听到孙总发一句牢骚，或者说王老板的坏话。

我们离开会议室时，孙总还坐在里面，眼睛盯着窗外。下班之前，孙总找我们讨论了我和小刘提交的内容运营方案，以确定没有细节会被王老板挑刺。他深吸一口气，打电话给行政，预约和王老板开会的时间。

我和小刘郁闷地去天台抽烟。他问我："你知道王老板的事情吗？"我调侃道："我只知道他总到处秀胸肌，大家都叫他霸道总裁。"

小刘告诉我，王老板曾创业三次，总公司收购了他最近一次创业的项目。作为条件之一，他获得了管理一个全资子公司的权力。王老板自称连续创业者，但前面三次创业都以失败告终。

最近一次创业，因为错过某个"风口"而满盘皆输，也波及跟他一起创业的同事。他不止一次说过，自己非常自责，决不会重蹈覆辙。

互联网时代的"风口"就是机会和暴利，谁抓住了似乎就能成就一番事业。或许正因如此，获得新的创业机会后，王老板才会拼命渴望数据，数据好看，才能引发更多关注。

小刘还说:"在孙总之前,公司还有一个管内容的副总,也是因为决策上的冲突,被王老板挤走。"

我想不到,作为一个公司一把手,王老板却这么小气量。我问小刘:"这些你都是从哪里知道的?"

小刘笑了笑:"集团公司上千人,你随便找个人打听打听就知道了。你别只知道做事,职场如战场,四面八方的人和事儿该了解的还是要了解。"

四

某天上午,我下楼接待到访的作者,在公司旁边的星巴克看到孙总和王老板在争论着什么,孙总面色诚恳,王老板神情不屑,看向一边。

周一的部门会议上,孙总告诉我们:"我们有了一笔不小的稿费预算,可以大胆地把各种计划提上日程了。"他满面倦容,但也如释重负,不常笑的他还露出了难得一见的笑容。

有了钱,我们确实引入了一批不错的作品和一些有固定读者群的作者,各产品线也渐渐变得丰富起来。

2015年,新的"风口"又来了。那一年,小说影视改编爆火,影视公司争相购买畅销小说的改编权,先后推出电影和电视剧。每次圈内聚会,大家都在讨论影视IP的行情,认为对外输出小说的影视改编权,是一条新的变现之路。

最兴奋的就是王老板。例会上，群邮件里，他都在强调目前影视剧改编成功了多少案例，哪家公司卖出了多少作品。最后，他特别要求我们内容部："每周，每条产品线的负责人必须提交一部具备影视剧改编潜质的作品。"

接下来的两周，我一直紧张地筛选这样的作品。周末，我却在市场总监的朋友圈里看到，王老板在和某剧组拍摄宣传照，但是我对被改编的小说一无所知。

周一，王老板在大群里宣布：他带着市场部，打算独立拍一部网剧，我们内容部无须参与。

我心里想："市场部做内容部的工作，本是两个领域，真的合适吗？"

后来才知道，王老板找孙总商量，趁着行情好，想拍一部网剧。但孙总不同意，他觉得现在行情看起来火爆，但不明朗，公司没人有拍网剧的经验，也没有特别适合改编的作品，现阶段应该潜心打造内容，静观其变。两人再次不欢而散。

不久之后，我想签下一部不错的作品，需要一笔预算，财务却不愿盖章。问孙总，孙总的态度很含糊："花钱的签不下来，就先签不花钱的吧。"

王老板和孙总不和，在公司是公开的秘密。两人在公司遇见，彼此都板着脸把对方当路人。但每次开会或团建，两人看起来依旧一团和气。

五

我入职半年后，公司没钱的传闻开始传开，有人对我说："每月花一百多万找用户，拍网剧一下扔进去两百多万，这种花法能维持多久？但好像又没有做出什么成绩啊。"虽然我们都不清楚钱的具体流向，但没有成绩是有目共睹的。

公司开始了新一轮的融资。孙总和王老板一改对彼此避而远之的状态，常常聚在一起。两人很少在公司出现，大多数时间都在外面见各种投资方。因为签内容的预算突然缩水，我积极性受到打击，小刘也有了辞职的计划。

一个多月后，孙总和王老板重返公司。孙总每天在办公室只做自己的事情，对我们的工作不闻不问。

新的融资迟迟没落地，王老板挺着急。季度复盘会议后，他突然给公司群发了一封邮件，语气严厉得有点恐怖。他强调公司的每一笔钱都应该花在刀刃上，如果有谁利用职务之便，偷拿公司的钱，他会采取法律手段，让其付出代价。

收到邮件后，公司的气氛瞬间紧张起来。我们停止聊天，小心翼翼，生怕弄出什么动静。我困惑地看向王老板，他在工位上一脸严肃地敲着键盘；我又悄悄看向孙总，他盯着电脑，脸色涨得通红，桌下的腿一直在不自然地抖动着。

QQ头像跳动着，是小刘："应该是融资不顺利，王老板怪罪我们部门花了太多的钱签内容，但又没有产生价值。"我回："那才多少钱啊？远抵不上市场部一个月的花销吧。"小刘发了一个"耸肩"的表情。

随后，我们部门签约作品的预算又缩水了。第二周，小刘离职，孙总没有挽留，他现在胡子也懒得刮，穿着拖鞋上下班，每天异常沧桑地坐在电脑前，一副百无聊赖的样子。

我去找他申请签下一部小说。他戴着耳机，没有看我："你看着办吧。"

内容上几乎已经无人再负责管理。我每天唯一需要做好的工作就是挑选几部过得去的作品，展示在 App 首页。

没过多久，公司的网剧项目暂停，据说是被一个十八线的导演忽悠了，拍的东西特别粗糙，像业余人士的作品。导演还对外抖搂了不少合作细节，说王老板拉片量（深度解读的电影数量）少，不懂得拍剧却指手画脚。

王老板在公司无故发火后，同事们都如履薄冰，生怕做了什么事情会惹到他，公司里的气氛也变得死气沉沉。

2015 年，国庆假期之前，月度复盘例会上，我们内容部的同事汇报部门成绩时，说往外输出了 10 本小说的出版权，预计年后就能上市。

王老板打断他："这和我有什么关系？"

孙总斜靠在沙发上，闭着眼睛。王老板重复了几遍后，他睁开眼说："这些作品有出版的潜力，好好运营还可能输出改编权，我们下一步会根据作品详细汇报。你别一直问同样的问题。"

王老板厉声道："为什么我不能问？"孙总皱着眉头说："你问点有价值的问题。"

"不想干了就滚！"王总当着全公司几十双眼睛，突然大声骂了一句脏话。

孙总盯着他，像是在确认："你说什么？"王老板重复："不想干了就滚！"孙总拿起面前的水杯，握紧，起身走出公司。

君子相交，不出恶言。王老板犯了职场大忌，戳破了最后一张纸，不仅没有给孙总最起码的尊重，也不在乎自己的脸面。

六

国庆假期回来后，孙总已经离职。公司的状态越发低迷，内容部门的工作还是和以前一样，属于可有可无的架空状态。

总公司了解情况后，在行政上给王老板施加压力。王老板扛不住，怕我们剩下的几个人也离开，那段时间，他没有在工作上为难我们。整个 10 月，我一件事也没做，却无人问责，也没有受到任何惩罚。

再待下去毫无意义，我和另外两个同事先后主动离职。

王老板耍了个小花招，给我们多发了一个月工资算是补助，人事上对外的说法是"劝退"或"裁员"，让人哭笑不得。

我快速找到一份新工作。2016年初，我在朋友圈看到王老板公司的员工发的PR通稿，上面写，公司又融资了一千万。

我还是不断地在行业快讯上看到前公司的通稿，新融资的一千万投入后，他们的总用户数已经超过两千万。我又看到某商报关于公司的调查报道，公司从成立到现在，支出和收入比严重失衡，一直处于亏损状态。

2017年年中，行业传言王老板以每周两三个人的数量裁员，并且到处在找人接盘，打算卖掉公司。2017年年底，王老板被总公司解职，公司解散。这家成立三年，烧了两千万，做出一堆漂亮数据的公司就这样消失了。

今年年中，孙总当年策划出品的小说改编的一部电视剧开播，在口碑和收视率上都非常不错。而我当年在没有过多预算的情况下，好不容易签下的作品已经立项，电视剧正在拍摄中。

前不久，我无意间看到一篇报道，王老板重新开始创业了。

*文中人物均为化名

文／韩招暖

"中浪"正在离开北京

"前浪""后浪"正在逐渐占据话题榜的时候，鲜有人留意到"中浪"们正在经历什么。

一

2020年4月，30岁的赵子健决定离开北京。

最后一次见面时，赵子健正在马路对面打电话，他挥挥手，示意我跟上。许久没见，他清瘦不少，背影看上去还像个少年。我们隔着半米距离朝单元门走去。他挂掉电话，冷不丁冒出一句："我家现在乱得跟猪窝一样，你别嫌弃。"

我以为他在开玩笑，跟在后面，乐呵呵地回道："没事儿，就当我瞎了吧。"

一小时前，赵子健发来约饭微信，我当是一次寻常酒局，抓起手机，趿拉着鞋直奔他住的小区。可当他拉开一居室的房门，我发觉事情有些不对。

客厅一片昏暗，餐桌上外卖盒排成了队，吉他被扔在沙发旁边，落得一身灰尘，卫生间里厕纸堆得快要溢出来。赵子健一向最爱干净，眼下屋里居然乱得无处下脚。

我有些尴尬，到卧室寻了张干净椅子坐下。他随手递来一罐可乐，宣布了离开的决定。

空气安静了几秒，我张了张嘴，却发不出声音。他认真地指着四周的木质家具："你看看还有什么能带走，这些桌子、椅子、落地灯都是我买的。"

这几年，朋友们但凡心情不好，都会吼上几句"我要离开北京"。但那些大喊着"受不了，要离开"的人往往不会启程，反而像是恋人在对北京撒娇。真正的告别是静悄悄的，有时一觉醒来，看到朋友圈里多了几张机场、火车站的深夜留念，一段故事就默默画上了句点。

可赵子健，我一直觉得他是那种要用一辈子和北京缠斗到底的人。

见我不吭声，赵子健开始在屋里四处搜罗能留给我的"遗物"。出租屋里带不走的物品都给了朋友，衣柜顶上孤零零地躺着只黑色登山包，等待主人将它填满。在这座城市待了六七年，赵子健打算带走的物件寥寥。窗台上的米奇玩偶沾满了猫毛，他说："两只都送给同事了。"像是替自己开脱，又补了一句，"都是捡来的流浪猫，它们会习惯的。"

最终，他扔来两包抽剩下的薄荷烟，一本没开封的书。我捡起来一看，打趣道："这是暗示我们都是北京的《局外人》吗？"他笑了笑，又扔来一支录音笔，同时打开了电脑。

屏幕上四段长长的音轨，标记着劳动仲裁的字样——受疫情影响，赵子健工作的公司经营状态不稳定，向他提出解约，却没给合理赔偿。他就这么被甩出正常轨道，突然有了离开北京的打算。

燃剩一半的香薰蜡烛被拽过来当烟灰缸，气氛变得有些压抑，我们决定不再深聊，出去找个饭店喝一杯。临走前，我看了看门厅挂着的小黑板，上面写着：今日晚餐，青菜拌面。字迹已经模糊。

二

赵子健是为还债来到北京的。20岁出头时，他在外地做生意欠下80万外债，之后独自漂荡到北京。白天做三份工作，晚上在青旅里没命地喝酒，一边奋力还债，一边任由自己醉倒在地。

北京没有辜负年轻时的赵子健。他进入正兴盛的互联网行业，凭着一股拼命劲儿，两三年间，还清欠款，从地下室搬进合租房，初步融入了这座城市。

我和赵子健相识在2016年最后一天。那时我19岁，趁寒假来到那家青旅做义工。他26岁，刚还完欠款，换了更高薪的工作，时不时会回青旅住上几天。

那天晚上7点，我补完觉，迷迷糊糊地走进旅社厨房，就看见赵子健正在盛一盘大虾。他倒是自来熟，都没问我是谁，伸手指挥我去旁边坐，等着吃饭。

刚到陌生环境，那顿饭我吃得很拘谨，时常接不上周围人的问话。他坐在一旁帮我岔开我接不上的话题，还不停招呼我多吃点。这让我对接下来的义工生活有了些期待。

北京冬天透着股肃杀，街道上行人缩着脖子快速穿行，只有地铁口里人潮和风同样拥挤。相比之下，青旅热闹喧哗，60元住一晚的床位，被一茬茬新北漂当作起点。

当时，和我同住一屋的一个女孩为了留在北京，包下一张床铺，连着面试了一个月，每天订一盒外卖，在屋里边吃边修改简历。有次改到崩溃，她抬头冲着对床素不相识的游客大哭道："我是不是真的不行？"第二天一早又收拾好电脑，奔上公交车。

有位中年大叔常坐在大厅沙发上喝酒，喝到兴起，逢人便讲他离婚的往事，和东山再起的宏愿。还有一个被考研逼到崩溃的富二代，瞒着家人跑到北京找工作，住便宜旅店、吃日料外卖，周围人都笑他："有钱人的北漂，是体验生活。"

当时我还在读大学，没什么生活与求职压力，自然不懂大家为何如此拼命。不用工作时，我在二环的胡同里随意游荡，赵子健总站在胡同口抽烟，为了与他接近，我也学会了吞云吐雾。

熟悉之后，我才知道他对青旅里新一拨年轻人真是不错。青旅里有个整天聊着电影梦的女孩，他被女孩的说辞打动，听着听着就送了对方一台相机，没要任何回报。有人哭诉找不到工作，他也搭着人情联系朋友帮忙内推。

他像是青旅里的圣诞老人，派发着礼物，帮一拨拨新人寻找机会。他偶尔也做上一桌海鲜，招呼大家吃饭，轻易地聚拢了人气。

正是因为赵子健，我才下定决心要留在北京。因着在青旅的见闻，这座城市在我心中被蒙上了一层温情面具。当时我觉得，北京可真好啊，只要努力，谁都有权利留下，没人会问来处与归途，说出梦想也不会被嘲笑。

三

2018 年，我回到了北京。从城市的围观者转为亲历者，生活突然变得粗粝起来。我做着日薪 50 元的实习工作，将房子租在顺义，每天倒三趟地铁跑去朝阳区国贸上班。

漫长的通勤路走上几遭后，我才逐渐意识到那些住客在青旅之外的真实生活，多的是我看不到的艰辛。现在的我不过是在重复那些住客的命运，北京这里最不缺的就是挑战者，另一方面，我也意识到要用梦想填饱肚子从来不是一件轻而易举的事。

再次见到赵子健是在望京的烧烤摊上。我换了家新的实习单位，日薪涨到 70 元，还是觉得人生无望，特意约他出来聊天。

夏日夜晚的烧烤摊承载了无数豪言壮语，几杯啤酒下肚，平日里藏好的矫情话又冒了出来。我说起来北京的初衷，是希望永远踏实地写文章。

他扔下烤翅，抬头直视着我的眼睛说道："知道今日头条吗？现在都是大数据推荐，写得再好，谁还有心思看几千字的文章。"

我被噎得说不出话，心想，当初在青旅你可不是这么说话的。

他谈起最近的日子，从互联网大厂跳到一家创业公司，选了很有发展前景的视频领域，经常出差半个月，回公司后再连轴转。他再也顾不上去青旅过周末，除工作之外的生活一片空白，连飞机杯都用一次性的。

我听得没了胃口，只是一杯接一杯地喝酒。吃完饭，他还要回公司加班，我们一起沿着街道往他公司走。我不想再谈工作，他却一直重复着"努力，选择，机遇"，最后还说自己为了挤时间锻炼，都从住处慢跑去上班，腰疼得不行。

到了公司，已经快凌晨一点，他打开电脑继续修改视频。最后一步完成，他把我的椅子拉到巨大的屏幕前，得意地递来一只耳机。

视频拍得高端精美，背景音乐卡在画面上分秒不差。我盯着屏幕有些走神，觉得没见面的这两年，赵子健不再是那个刚从泥潭中挣脱、对所有人的梦想都满怀兴致的男生，他似乎改了方向，要在这座城市过更安稳的生活。

回家路上，出租车司机将四面窗户全打开，货车在一旁呼啸而过，飞速碾轧路面上的石子。我顺手点开微信里几个久未联系的头像，当初立志要留在北京的女孩漂去了上海，想东山再起的大叔已经在长春开了两家酒吧，而富二代的确在北京找到一家不错的单位，只不过单位在北京，他本人被派去了非洲。

我替赵子健欣慰，虽然他不再是那个对别人的梦想感兴趣的年轻人，北漂5年，他好歹稳稳地踏进了上升通道。

之后的日子，我们没再见面。每次相约吃饭都未成功，不是他在外地出差，就是我在熬夜工作。一次半夜三点，我结束赶稿，给他发去微信哭诉，他立刻秒回：加油。我笑他手机长在手上了，他淡淡地回了两个字：加班。

2019年中秋假期，我们总算相聚，他意气风发地讲起接下来的出差行程，我以为像他这样停不下来的人，会一直留在这里，和北京相互塑造着向上生长。没想到第三次见面，即是离别。

他其实露出过端倪。半个月前他向我打听是否认识律师，一周后我跟他抱怨工作出现问题，他一反常态，不再鼓励我，而是颓然地回了句"谁的北漂不这样"。两天前他又在朋友圈里送书，我还以为他只是要搬家。

从赵子健家里出来，走进饭店，他又恢复了四年前那副吊儿郎当的样子。话题绕来绕去，他就是不提究竟为何离开。我跟他说些烦恼，他也只是笑笑不搭茬。

一顿饭吃完，他翻起锅里的烤鱼，看着我说："你知道鱼什么地方最嫩吗？是鱼鳃下面这块肉，因为它不需要用力，从没受过折磨。"

四

吃完饭，他提议到家附近的酒吧坐坐。他在这里住了两年，想来已是这家酒吧的熟客。到了店里，他轻车熟路地跟服务员打了招呼，又要了几瓶啤酒。喝到有些微醺时，他主动谈起了离开的原因。

一切都来得很突然。2020年春节放假，他开了几千公里的车回家，路上还在计划着节后的工作安排。等再开回来，面对的却是一桩劳动仲裁。

疫情之下，公司决定裁减收益不多的部门，找借口"优化"了赵子健。他买了支录音笔藏在兜里，一遍遍地跟HR、管理部门交涉。过程并不复杂，但事情结束后，他在家待了半个月，瘦了20斤。

我既难过又不解，不停追问他："换个工作不就好了？也不至于就这么离开啊。"

他叹了口气，晃了晃手里的酒杯，说道："人到了30岁，很多事情都会不一样。我28岁前从不骂人，这两年不知道怎么了，总是说脏话。"

痛苦是一点点累积升级的。他说起前些年刚到北京时负债累累，为了还钱能没日没夜地拼搏，解决了欠款，又甘愿为更好的生活环境付出青春。

在创业公司，他承担着巨大的工作量，和同事去西藏出差，所有人都高反了，他自己赶完了四五个人的拍摄任务。他没有抱怨地做着这些，以为埋头工作就会有回报，可眼见着就快要兑现成果的时候，资本撕下笑脸，一张解聘书又让过去两年的努力化为乌有。

眼下他30岁，在北京却还没有安定居所，连一开始赖以慰藉的工作价值感也消失殆尽。这次离职让他觉得，北京拥有着一茬茬年轻人的青春，却安放不下所有人的下一阶段人生。许多人最终要离开，他决定让这件事来得更早些。

听着他的焦虑，我一根接一根地抽烟。为了身体健康，赵子健许久没碰烟酒，见我一根接一根地抽，他掏出电子烟吸了两口，呛得直咳嗽。我不知道该说些什么，语无伦次地劝他留下来。

赵子健听着我絮絮叨叨，一句话就堵住了我："你不明白，30岁了，再过几年去应聘，我说我多能拼，谁信呢？"我才23岁，不懂他为何悲观成这样，但还是住了口。

北京的故事没什么新意，却总是很刺激。一场疫情之后，写字楼里人流明显减少，各类公司无差别地受着影响，用裁员暂时抵御危机，有些干脆倒闭。许多失去工作的人，被迫离开北京。

酒吧里客人不多，邻桌年轻的女孩叫嚷着："我妈说我一个月挣三四千块钱还不如回家，我就不回去。"灯光下，赵子健眼睛红红的，低头时，眼角已经有了细纹。

他给朋友打去电话，准备再组一场酒局。已经结婚的朋友无法再在深夜赴约，他笑着跟电话里的人说："我要离开了，13号就是deadline，见我，抓紧。"

我知道再也留不住他，只告诉他："跟你聊完，我也想收拾行李回家了。"他盯着我的眼睛，慢悠悠地说道："你不会的。你明知道这里有多难还是来了，这话还是等你30岁以后再说。"

临走前，他晃晃悠悠地走去前台，把最后一点"遗产"——十几罐猫罐头留给了酒吧老板。

文/姜念

第二章

北京没有

爱情故事

在特定的轨道生存
一边艰难奋斗，一边失去真爱

摄影：鲁瑶

去红螺寺烧香的男女

都市生活摇晃着人们的情感，不确定的婚姻和欲望，寻觅着各自的出口。北京的2000万种爱情，在郊区的红螺寺，都有一个不能说明白的答案。

一

决定去红螺寺的前夜，蒋怡辗转反侧到夜里的两三点。那一阵，朋友给蒋怡介绍了相亲对象，一个在房地产公司上班的35岁离异男人。好事的朋友补充说："挣得可能没你多，但人老实……"

没等朋友说完，蒋怡就喊了停，"离异"两个字像是一个巴掌，她感到脸上火辣辣的。28岁，如同一件货品快到了保质期，一不小心，看见了自己降价的价签。

从市区到红螺寺差不多一个半小时车程。蒋怡起了大早，冒雨冲进寺里，穿过冻得面色发青的游客群落，直接跑进大殿。她双膝跪倒，双手合十，跟菩萨报出了自己彻夜思索出来的择偶标准：

"菩萨请给我一个男的，最好是北方人，年纪不要太大，工作稳定有发展，家里没负担，以后能在北京定居。"

蒋怡担心自己提出的条件过于具体，显得功利，菩萨会嫌弃而不帮自己。拜到第二间大殿时，她决定补充解释一下："菩萨啊，我真不是拜金，他有没有车、有没有房都行，只要有上进心，我们可以一起攒首付。"

来到红螺寺的人们，总是怀着各种心事，小心翼翼在这个静谧之地打开。大殿旁边的小店，香客和游人们的烦恼则被清晰分了类，里面出售各种信物，仅许愿带就有七八种：求姻缘、求事业、求健康、求学业、求孩子……

人的欲望被命名，挂在墙上条条分明。拜完了大殿，蒋怡和女伴走进小店，还没等开口，售货大姐就塞来两张布条，说："一条写你名字，一条不写，两条绑一起，保你有段好姻缘。"

山不在高，有仙则名。红螺寺果然名不虚传，一个售货员都有这样的洞察力。蒋怡倒是有些沮丧，仿佛自己的额头上刻了"恨嫁"两个字。

蒋怡的世界失控在两年前，她与自大学就相恋的男友结束了六年感情。男友是四川人，年近30岁，认定漂在北京也不会有出头之日，动了和她回成都安居的念头。

等到男友辞了工作，收拾好行李，蒋怡还在犹豫。她考虑了一整夜：当初好不容易考进事业单位，为的就是熬个北京户口给孩子；老家在河北，母亲身体不好，一直想让她留在北京；男友父母是普通职工，估计到了成都还是要从头奋斗；结婚后……

第二天一早，没等男友开口，她直截了当告诉他说："算了。"

左右思量，蒋怡觉得自己已不是满眼只有爱情的小女孩。办公室里年纪相仿的同事都已在北京安家，谈论的话题从包包、鞋子变成了摇号、学区房。从上大学算起，北京已经占据了她8年的青春，她想在这座城市扎根，结婚正是扎根的路径之一。

自此，蒋怡开始了漫漫相亲路，她会挤晚高峰地铁去和人见面，再独自回单位加班。对婚姻的规划太过现实，导致她两年间一直没遇上合适的人——条件好的年纪大，工作忙的不顾家，太老实的又聊不来。

挑来挑去，两年过去，蒋怡悟出一个道理：二十八九岁是都市女性想结婚的高峰期，她现在正在坎上，必须抓紧时间。迷茫中，同事们给她出主意："你去八大处拜拜，那儿最灵。""潭柘寺求姻缘很准的，我老公就是那儿求来的。""还是得红螺寺，术业有专攻。"她半信半疑，挨个定了行程。

燕山南麓的红螺寺，人络绎不绝。一位中年男子每拜一次，就塞一把零钱到殿前的果盘里。几个年轻女孩给山路上十几尊观音像都送了花。还有一身灰袍的女子，从山脚一路拜到山顶，三步一磕头。北京这座巨型城市的情感与悲观，摇晃着的欲望与执念，在这里有了一个出口。

回程路上，蒋怡听见邻座的小女孩和人聊天，女孩和男友吵架，这次特意来求菩萨保佑感情顺利。蒋怡嘴上笑笑，这都是小女孩心思，心里却咯噔一下，这么多回求来求去，她从没求过菩萨保佑，还能拥有爱情。

二

红螺寺的大雄宝殿前有两棵古银杏树，一雄一雌，茂盛数百年，来往的人将此视作神迹。入秋后，银杏叶逐渐泛黄，在漫山红叶里格外惹眼。常去的人说，国庆那一周是最佳观赏期，早一点晚一点都不够美。

2018 年 10 月，东北女孩筱然和同事去了趟红螺寺，正赶上银杏最好看的时节。两位女同事都有明确目的，求桃花，求宝宝。唯独她心不在焉。

来红螺寺前，筱然和丈夫冷战了 20 多天。最后一次争吵，两人彻底撕破脸，丈夫动手扇了她一耳光。她心里堵得慌，抱着枕头住进次卧。那是她北漂的第四年，新婚的第一年。

2015年，25岁的筱然辞了家乡政府部门的工作，到北京学习茶艺。老板为她安排的住处和茶室只隔两条胡同。她是最幸运的北漂族，没有通勤、租房压力，到了周末，还能去学插画、摄影，父母甚至为她在沈阳买好了房，等她想安定了，随时都能回家。

一线城市多元、包容，唯独爱情是稀缺品。独处久了，筱然梦想能遇见一个男生，和她一起分享在北京的生活。2017年春天，筱然等来了这个人。他比筱然大四岁，高高帅帅，性格温和。恋爱时，男友帮她叫外卖，接她下班，周末带她去逛三源里菜市场，做一桌子拿手菜。

在厨房里忙活的男友，让筱然有了家的感觉。甜蜜恋情持续了三个月，两人就决定走进婚姻的殿堂。涌动着年轻人的都市，轻易就可以抹去人与人之间的隔阂，进而发酵出爱情。

筱然性格慢热，第一次跟随丈夫回到农村老家，很难立刻与公公婆婆亲近，老人有些不高兴，丈夫指责她不懂人情世故。等到了女方家里，筱然父母认为婚后还是要有自己的房子，北京房价高，也可以在沈阳买。丈夫却说"大部分时间在北京上班，没空回沈阳"。老丈人对女婿不满意，但顾及女儿，也不好多说。

回北京后，筱然发现丈夫态度变了，刚开始是家里的快递让他一脸不爽，后来是摄影课让他冷嘲热讽，责怪她浪费钱。丈夫节省惯了，除了日常吃喝，每月工资都存进银行，他希望筱然也这样做。筱然不解："我又没花他的钱，为什么要约束我？"

当吵架成了沟通的唯一方式，冷暴力也紧随而来。筱然有时给丈夫发微信问："今晚吃什么？"没有回音。晚上回家后，她问丈夫是否看见消息，得到的回答却是："又不是什么急事，有什么可回的？"

热烈的感情遮掩了北漂的孤独，但阶层与观念仍然难以弥合，动摇着人心。分房住后，筱然越发透不过气，有天早上醒来，嗓子哑得发不出声音。关系好的同事对她的家事略知一二，约她假期一同去红螺寺。积压数月的苦闷，来不及跟佛祖一一细说，那天，她跪在一尊佛像前，脑袋里只有四个字："我想离婚。"

从红螺寺回来后，算命先生给筱然算了一卦，结果是：这段婚姻最多撑到年底。她不相信会这么快，想再挽回一下，趁着放假，邀请丈夫出去逛一逛，丈夫还是没领情。

佛前许下的心愿不得不成真，筱然心灰意冷，辞职离开了北京。她挑丈夫出门上班的日子，订好高铁票，打包好行李，运回老家。离婚手续是半年后办妥的。双方各自冷静了一段时间，认清无法统一金钱观，最终决定结束这场短命的婚姻。

三

4月底的一天，周凯开着车在路上闲逛。街上柳絮像往年一样随风飘来，他关上车窗，突然想去红螺寺看看。

上次去红螺寺已经是15年前，当时，女友非拉周凯去求感情有个好结果。两个人没钱打车，周末起个大早，倒三班公交，花两个小时从通州一路颠簸到怀柔。

看着女友跪在殿外磕头，周凯觉得尴尬，说什么也不肯靠近。他抱着胳膊在后面琢磨："这姑娘是不是有点傻。"

22岁的周凯不信神佛，并且鄙视一切将愿望寄托给神灵的人。他刚入职北京一家大型保险公司，同期十多个年轻人，就他不怯场，逢人递烟倒酒，跟谁都能聊两句。前辈看重他，一次聚餐结束后，特意过去拍拍他的肩膀，表示赞许。

一条康庄大道在眼前铺开，那时周凯只觉得，信什么神佛，在北京只要他肯努力，财富、名声，一切都会被攥在手里。

4年后，女友在佛前许下的心愿实现，两人走进了婚姻的殿堂。两人是高中同学，彼此知根知底，一个话多，一个安静，恋爱时没有大矛盾，到了年纪，结婚只是一件顺理成章的事。

刚结婚那两年，周凯迷上了古玩生意，日常混迹在潘家园和宋庄，以结识不靠谱的神人为乐趣。晚上回家，清醒时和妻子讲讲发现了哪些商机，喝多了就往沙发上一倒，等妻子从房间里出来，用一米六的小个子把他硬搬上床。

离婚的事在那时埋下了伏笔。时间久了，妻子不想再听他的"商场战绩"，宁愿躲在客厅看八点档电视剧。喝多后，也没人来扶他上床，有时早上醒来，身上会多一条毯子，再后来，毯子也没有了。他倒在哪儿，就在哪儿睡一整夜。

女儿的出生曾短暂地修复过裂痕。在妻子和姐姐的硬性规定下，他每天都会早早回家陪几个月大的孩子。产后的妻子，胖得像一轮圆月，在家里乐呵呵地忙来忙去。

家庭和女儿都没能绑住周凯太久，大都市的名利才是周凯向往的。那时，他刚过30岁，是车险部门的区域主管，又做着房产中介，周围人一口一个"周总"地叫着。成一单生意，就是几万元钱，于是回家的时间被越拖越晚。

两人的婚姻逐渐走向分裂，周凯有时会想起，分开前两年，妻子的话越来越少，甚至还瘦回了结婚前的体重，小小一个人睡在旁边，无声无息，像是不存在一样。

离婚没拖太久，周凯心里赌气，甚至搬出了"我做这些还不是为了你们娘俩"的说辞。妻子倒是冷静，几次把拟好的离婚协议书放在饭桌上，不多说一句话。2018年，

35岁的周凯恢复单身。

他把市里的房产留给妻女，自己搬回通州老家。父母已在几年前相继离世，两室一厅的老房子还是几十年前的装修。晚上厨房偶尔会传来碗盘撞击的声音，周凯壮着胆子去看过几次，后来发现，是橱柜松晃。

离婚一年后，听说前妻和一个出租车司机一起生活，周凯气上心头，恨不得拎上酒瓶去砸人，心想着："我怎么也算个小老板，你居然还看上个司机？"怒火最终被姐姐的一句话浇熄："你不就是个卖保险的吗？有啥瞧不上人司机？"

生活在那时逐渐露出寂寞底色，周凯盘算过几次，再升职已经没有希望，公司里20多岁的年轻人学历高得吓人，还比他能拼。原来约酒的兄弟不再能喝，生意上的琐事也越来越多，房屋管道有问题都要他去处理，别人倒是还叫他"周总"，但听起来就觉得落寞。

后来，周凯交了个比自己小8岁的女友，两人因工作结识，很快住到一起，但没过几个月又匆匆分开。因为一天夜里，女友在看电影时问他："老夫老妻一起生活真的就像自己左手摸右手吗？"这话被周凯解读为故作天真，炫耀年轻，让他觉得恶心。

兜兜转转，37岁的周凯有些想不明白，年轻时到底以为自己能攥住什么，居然在寺庙里骂前妻傻。那天开完晨会，漫无目地开车兜风，他不知怎么就到了红螺寺。疫情期间，庙里只有三三两两的游客，磕头作揖向佛像求一点庇佑。

周凯还是不信神佛，只是抱着胳膊琢磨，当初是不是不该在菩萨面前，那样骂前妻。

文／马延君 成琨

西二旗的寂寞游戏

快节奏的生活环境让爱情滋生得很快，很快相爱，很快分开。

一

林嘉宇说，13 号线地铁是一条蜥蜴。

穿过荒野和废弃村落，列车在北京城乡衔接线上向西缓缓爬行。车厢中人满为患，肌肤相贴，方寸之间顾不得体面。人们伸直手抓着栏杆，像咸鱼一样在钢架上甩动。林嘉宇站在车厢尾部，临着窗，窗外远远露出城市的轮廓，高楼连绵起伏，缠绕着烟云样的雾霾，而群山就在北侧，像一条条青色的牛脊。

林嘉宇想，如果这条蜥蜴突然出轨，他们被挤在这个铁皮桶中，如同超市里的午餐肉罐头一样，那场面肯定惨烈异常。

他不是北京人，来自广州。永远记得从 13 号地铁里爬出来的那个午后，寒风凛冽，拖着行李箱逆着风，天空突然下起雨来。他像被困在泥沼中的一只小舟，进不得，退不得，空气里飘浮着尘土的气味，他哆哆嗦嗦躲在房檐下开始后悔。

他不一定非要来北京。分公司关门，北上是一个选择，辞职也是一个选择。只是辞职总有些许妥协的味道。在庙里面掷出爻杯，神明说向北。他感觉冥冥之中自有天意，于是漂泊到京郊。林嘉宇说这就是命。

命里注定要靠方便面做第一餐。酒店的水的味道像喝漂白粉，浇在泡面上，面饼被托着沉浮，孔缝中冒出七彩泡泡，又慢慢融化，成了一大坨蚯蚓，几朵油花在水面上悬着，暗黄暗黄的。

后来方便面成了主食。他对何晓晖说，他每天晚上到家都很饿，睡也睡不着，只好起来去吃泡面。一碗热热的泡面，在悄无人声的寒夜中，给了他温暖和饱腹感。

何晓晖是他的同事。他们一起在六楼办公。办公楼在西二旗地铁站旁边，北面临着街，街再往北是荒凉的树林和停车场。在 20 年前，这里还是荒地和农田，现在已经开发成了房子，栽上树就成了林。几年前树林中经常有人抢劫，听说是个矮个男子，北方口音，后来消匿无踪，不知是不是"退隐江湖"了。

两人经常在茶水间里喝咖啡，咖啡机研磨咖啡豆时，会发出令人难过的刺耳噪声，像一张砂纸摩擦着耳神经。等待时对着窗外极目远眺，从六层看下去，人像一个一个牵线木偶。林嘉宇开玩笑说，如果从这里掉下去，会不会摔得粉碎，但晓晖坚持只可能断手断脚，那样大大咧咧躺在地上，被人围观，该是一副多么尴尬的情景。

整个公司只有晓晖不嘲笑他的口音。嘉宇的普通话散发着浓重的粤语音调，旁人听了都要纠正他："这个字不是这么发音。"又或者："嘉宇，你慢一点，慢一点，我们听不明白。"他只好将语速降下来，一字一字停顿，像是脑功能失常的低能儿。识别别人的嘲笑是件容易的事——强忍着笑时整张脸总紧绷起来，像一张用力扯平的塑料布。

只有晓晖表情是自然的，她说："嘉宇，你说话真好听，你再多说一点。"她是上海人，上海女人说话总是嗲里嗲气，她央求他时也是嗲里嗲气的，跟风铃一样"哗啦啦"响。

有时他们一起去星巴克喝咖啡。午后两点，巨大的落地玻璃窗显得店里空空荡荡的，两人可以在那里肆无忌惮地大声聊天。只有和晓晖独处时，林嘉宇的话才多一些，滔滔不绝，仿佛要把一辈子话都说了。他的话题从上海开始。

年轻时他曾在上海生活过一段光阴，20多岁时想要在那里闯荡，对上海的繁华印象不深，记忆里更多的是蟑螂、白眼和石库门房子。不过聊天时，这些都变得生动有趣：

"那个房子楼梯直上直下,得手脚并用向上爬。天花板很矮,只能坐着,不能站起来,我一站起来就要把房顶捅破了。"他看到晓晖露出笑容,继续说:"但我晚上不爱睡觉,经常往外跑。黄浦江对面可真漂亮,灯红酒绿的。我就站在那儿,幻想自己化身旧上海的林老板,站在和平饭店顶层,往下一看,眼底下全是黑压压的人脑袋。"不过他还没来得及到和平饭店感受一番就离开了上海,原因嘛,"一个字穷,两个字——没钱"。嘉宇说得坦坦荡荡,嘴角挂着腼腆的笑。

灰溜溜地回了故乡,生活反而渐渐好转。他迷上了旅游,有一年去了日本,到北海道看秋风把密林吹得五颜六色,一聊才知道,晓晖同一时间也去了那儿,只是那时他们彼此还不认识。林嘉宇叹了口气:"多可惜呀。要是早些认识你就好了。"窗外满是乌云,像乌青发丝遮住了眼,一朵朵黑云仿佛随时就要坠下来。很怕下雨,可是总不下雨心又悬着,一时间难免有了一丝惆怅。

后来嘉宇说:"下次你和我一起请年假,咱俩可以一起去欧洲北美看看。""你和我"两个字被他特意加重,意图显而易见。

而晓晖说:"好的呀。"声音是吴语腔。

林嘉宇喜欢吴语,尤其是晓晖的声音像春天里吃着棉花糖。他对晓晖说:"侬好漂亮。"他一说,晓晖笑了起来,眼睛弯弯。林嘉宇说,晓晖是自己来北京后见到的最漂亮的女人。她真的漂亮，天鹅蛋一般的脸，鼻子像峦峰，山根格外挺拔。有时穿裙子，齐膝短裙，光滑的水蓝色布面，腿像两条削得光溜溜的树枝。当她抱着双手，倚着门框，下巴稍稍昂起时，阳光一照，就有了老上海的名媛味道。

他后来又说："吾中意侬。"因为说得很慢，一字一顿，像牙牙学语的婴儿。他对着晓晖说这些时，眼神总是真诚的。晓晖说："这句话可不能乱用。"林嘉宇回答："我也没有乱用。你知道就好。"

办公室空间密闭，少不了暧昧，他喜欢晓晖也是不言自明的。公司业务不好，他们常常加班，10点以后周围空了，可以肆无忌惮地听久石让的钢琴曲，黑白键盘敲出淡淡忧伤，像锋利的刀刃在谋杀着灵魂。有一天他说："半夜听这些音乐可真是要死人了。"晓晖说："半夜不睡还在听音乐的人才是最孤独的。嘉宇，你还是太寂寞了。"她总能一眼将他看穿。他说不出话，只是讪讪坏笑，须臾之间，语气中透着失落："唉，晓晖，要不你给我介绍个女朋友吧？"

"好的呀，你希望什么样子的？"

林嘉宇说："你这样的就挺好。"她眼中一汪清水盈满，就要溢出，伸了个懒腰，衣服扯了起来，露出一截洁白小腹。嘉宇觉得她的皮肤是块嫩豆腐，白白嫩嫩，碰一下悠悠地颤。她像只花蝴蝶，风情万种，让人心悬着。晓晖说：

"哎呀，你早点说呀，我现在有男友了。"林嘉宇说："多可惜，要能早一些认识你，他哪里还有机会。"

这些对话皆发生在六层，六层是办公区，空空无人，可以明目张胆，可以肆无忌惮。他知道大堂里晓晖男友在等着，出电梯时故意落在身后，在电梯里等上十几秒再出来时，晓晖已经和男友乘车离开了。

二

每个晚上嘉宇都在不舍中独自坐地铁回家。他住在同成街，与两个陌生人合租。房间是个 10 平方米大小的狭长空间，两面高墙削长陡峭，像两扇门板，随时就要倾覆下来。刚到北京时他很怕这种孤零零的感觉，房间太小，小得像一口棺材。夜晚太静，仿佛血和肉都被压缩。他常常失眠，站在窗口吸烟。云和月朦胧成了一张黑白水墨，他独自赏鉴，眼前空空落落的。

夏天时部门团建，包了间 KTV。灯光错杂，烟尘缤纷，老板知趣地离开，留下十几个异乡人继续这场廉价狂欢。晓晖拿着酒走来，她走来时摇摇晃晃，像朵风中的荷花，坐在林嘉宇身边，仿佛荷花折断了根茎，斜斜倚着他的肩。晓晖说："嘉宇，陪我喝一杯。"他闻到酒精的味道，鼻息暖而痒，贴着晓晖耳郭，声音谨慎："你醉了。"她倔强地回应："那你才更要陪着我。"

他们在无人问津的角落斟饮，啤酒随着音乐在口中炸开、破灭，身体也开始摇摆。晦暗的光线中，她的唇像是剥落的玫瑰花瓣，渐渐枯萎却红得越发浓郁。林嘉宇偷偷抓着她的手，晓晖像条毒蛇顺势缠上了他的手臂，于是两个人像棵榕树一样纠缠在一起。他觉得她是只海蜇，被海浪拍在沙滩上晒成各种形状的海蜇，捏上去光滑而软绵绵的。他抽不出来，也不想动弹，心里面有个欲望正在膨胀，一连抽了几根烟也无法平静。午夜时，林嘉宇拍着晓晖的头："不早了，我送你回家。"

　　他几乎是把她拖出来的。两人坐在路边，等了许久出租车也未出现，身后槐树枝丫繁茂，风吹过来，树叶沙沙响。他说："不能喝还喝这么多。"晓晖昂着头，眼神迷离，忽然说："嘉宇你看，月亮好圆。"黑压压的楼宇把天空割得支离破碎，一轮圆月在缝隙间悬着。林嘉宇望着那月亮，想起《春江花月夜》，想起"人生代代无穷已，江月年年望相似"。记忆中故乡的月亮好像更大一些。千里之外的异乡，彼此相依，冷冰冰的夜中忽然有了相依为命的感觉。

　　晓晖酒醒了，拽着嘉宇向月亮的方向前进。半路上两人聊起彼此小时的事情，遥远的记忆都有些雷同，某年在海边逐着浪花，夏天闷热湿润的宽街窄巷。那时北京意味着遥远的北方，多风沙、粗糙、多雪。她说："那时谁会想到长大了来这么远呢，小时候出了家门，走出几条街，就觉得已经是好远的地方。现在反而习惯了，好像无论到哪儿都能停下来。想停就停，想走就走，就是没有家的感觉。"

他们漫无目的，其间晓晖的男友打来电话，她语气平平淡淡："哦。我们还没散，你不要等我了，先睡吧。"既然她不想回家，林嘉宇就陪着她，不想问理由，也不需要理由。她拉着他走过一片草地，草叶上湿漉漉的，他们坐在路旁的长椅。晓晖脱去鞋子，一只手拎着，赤脚踩着木板。她的脚踝很细，像白嫩的高笋，一只脚着地，一只脚在长椅上面。那件淡紫色长裙印着碎碎的叶瓣，被拱得高高隆起，她伸着懒腰，月光倒映在身后的湖上，湖中散发着冷峻的光。

林嘉宇说："你不怕吗？"晓晖回应："人多了才可怕，没有人时怕什么。""我是说你不怕我吗，我可不是什么正人君子。""但至少你也不是卑鄙小人。"说笑一阵，然后又兀然沉默。晓晖把头发散开，又用皮筋扎成整齐的马尾，额头露出来像光滑的卵石。嘉宇看得入了神，片刻间发现晓晖眼中含笑，才察觉到自己失态，赶紧掏出支烟来，故作深沉看着远处："说真的，讲讲你的事儿吧？"

她歪着头，露出无知少女才有的稚气："我能有什么可说的呢？"

"你跟你男朋友怎么了？"

三

她和男友的矛盾显而易见，晓晖自己也难以否认。"唉"，叹息像是火车汽笛，沿着轨道从荒原中远远地来又远远地去，满是荒凉、孤独、无奈。"怎么说呢，他其实挺好。"她并不否认他的好，体贴、稳重、做事周全，"只是人太冷静了，总少了点冲动。做什么都按部就班，让人没法自在。"

她露出端凝的神情："你养过鸟没有？我小时候养了只金丝雀。声音可好听了，一叫起来就像和你聊天似的。可惜这种鸟太笨了，关久了，鸟就忘了自己是鸟，打开了笼子也不飞，就算赶出去，自己也会飞回来。"

她的眼中泪光闪闪，很是惹人怜爱。林嘉宇张开双臂，两人拥抱，他轻轻拍着晓晖后背："放心吧，一切都会好起来的。"他是个笨拙的人，笨手笨嘴，不知道怎么安慰晓晖，便对她说："我给你唱首歌吧。"他用粤语唱她没听过的家乡儿歌，小时候他哭闹了，奶奶便唱着这首歌安慰自己，现在他把这首歌唱给晓晖听。晓晖听得沉醉，那时好安静，吹来一阵风，风吹着水面，水面波光粼粼。

后来林嘉宇回忆起来，总说那时夜色刚刚好，月亮也刚刚好，晓晖身上的暗香也刚刚好。一切顺其自然，暧昧变成舌尖和牙龈的碰撞。他们彼此娴熟地吻着，晓晖侧着头，林嘉宇搂着她的腰。雪纺轻盈温和，裙子一颤一颤，仿佛上面每一片叶子都活了过来。她忽然用力咬他嘴唇，咬得鲜血淋漓，林嘉宇感觉隐隐的痛，隐隐的甜，睁开眼看到一双水汪汪的眼睛。

"林嘉宇，你是个坏人。"

他的心一下子融化在风中了。

从此以后，每天清晨林嘉宇站在西二旗地铁上，车厢甩开荒原野林，向着城市的轮廓奔去，林嘉宇心中便涌出无耻的快乐。晓晖男友也在西二旗，清晨送晓晖来，夜晚接晓晖走，他却在对方眼皮底下，明目张胆地偷走了这个女人的白昼。

晓晖说："怎么办，我发现自己真的越来越喜欢你。"有一天他们坐在咖啡店，窗外不远处，一栋七八层的办公楼露出个角，像只探头探脑的小狗。她男友是其中一扇窗，他们就在近在咫尺的角落聊天。林嘉宇说："那你是喜欢我多一些，还是喜欢他多一些？"他的腿轻轻在桌下撞击她的腿。晓晖狠狠掐了他胳膊一下，说声"讨厌"，又露出空落落的眼神。她的眼中总有一缕犹豫的光，像在洞穴走久了，回头看洞口变成一个遥远的虚影。

后来晓晖回过神，声音呢喃："以前可能爱他多一点。可是现在见他的时候心里面只想着你，见你的时候却想不起来他。"林嘉宇心里扑通一下，那一瞬间，感觉到自己几乎被她征服。

他很想告诉晓晖，多亏了她，自己在北京的生活才有了些滋味。他每天乘着地铁经过一段隧道，犹如突然坠入深渊的石子，眼前一切都变成虚无。有天站在窗口，忽然一道光射进这片虚无，照得眼前一片花白。想起了《旧约》："上帝说要有光，于是就有了光。"上地在西二旗下一站，他在上地前一站下车。站外街道向来纷繁芜杂，但人流总是安静的，自己像条不会思考的鱼，而晓晖像另一条鱼。他对她充满着爱和情欲，赤裸裸的，不加掩饰。

8月末时，林嘉宇对晓晖说："咱们去郊外转转吧。"两人偷偷跑到承德，夜晚山间下起了雨，淅淅沥沥击打着窗台。屋内黑压压的不见光芒，那个床实在太软，身体止不住下坠，两个人赤裸相拥拼凑成一个白惨惨的满月。其间男友来了电话，晓晖索性关机，差不多夜里两点他们终于倦了，晓晖枕着林嘉宇的臂膀，两人像躺在舢板上，世上仿佛只剩下这样一片黯黯的汪洋。忽然晓晖说："你爱我吗？"她像个孩子在讨要糖果。林嘉宇亲吻着她，回应："我爱你。"

林嘉宇熟睡中蒙蒙眬眬听到有人说话，醒来发现晓晖坐在床脚，阳光白得刺眼，她蜷缩着像只蜗牛。林嘉宇去亲吻时发现她似乎哭过，问了许久，晓晖才回答："我和他说了。"她叹了口气："我和他完蛋了。"

毋庸置疑"他"是晓晖男友。他试图抱住晓晖，却被推开，于是给她披上被子，坐在一旁，点燃一支烟，烟雾袅袅中缓缓说："无论你跟他怎么样，我都陪着你。"他抚摸着她的头发，像抚摸着一只小猫。

回京路上开始堵车，过了一座山，停在一座山前。车外有几个人在散步，一个老人左手牵着狗右手牵着小女孩，小女孩蹦蹦跳跳，蹲在路边玩弄一棵狗尾巴草。余晖下，老人皮肤像流干水的河床，依稀可辨岁月痕迹，可是岁月已经走远，只留下小女孩的希冀。不知道小女孩为什么开始哭，咧着嘴，跌跌撞撞地跑，狗绕着圈，老人追在后面。

晓晖说："还是小孩子好，无忧无虑的谁都喜欢。"他们看着小女孩擦干眼泪破涕为笑，被抱起来高高举着，一老一少向车流的反方向走去，那条狗在拥挤的车流中消失不见。林嘉宇手上的烟徐徐地燃，被风一吹，烟便成了不停扭曲的丝，他装作不经意地问："回去和他摊牌，要我陪你吗？"

晓晖说："放心吧。你在楼下等我就好。他是理智的人，不会做出伤害自己的事情。"眼前是一朵夕阳，把晓晖的头发染成金色，车子中传来达达乐队的《南方》，她于是安静不语。

嘉宇明白这首歌的意义。

四

两年前晓晖刚从国贸搬来,那时西边还是工地。新公路没铺沥青,地上满是一颗一颗碎石子,晴天尘土飞扬,踩上去脚趾生疼。她独居,每天低着头,穿梭在荒凉的街上,那时朋友都在一个小时车程之外,见也见不到,生活是一个人熬,耳机中的歌声像是自己在和自己对话。

有天她回家时看到个男孩子,大学生打扮,端着木吉他正在唱《南方》,她听着听着眼泪就落下来了。身后陌生男人递来纸巾,对她说:"别哭了姑娘,再哭下去,这个歌就该改名叫《水立方》了。"冷笑话说得她又哭又笑。后来他成了晓晖男友。一个南京人,一个上海人,在北京萍水相逢。

《南方》唱完时,晓晖淡淡地说:"我们两个从来不对等。他太理智了。"

迟疑了一下,她又说:"他说我们岁数不小了,总漂着也不是办法。要么回上海,要么回南京。可是我却都不想。"

此时他们进了北京,车子出隧道时天已经黑了,夜风有些温热,像羽毛在皮肤上搔弄。前方出现一起车祸,两辆轿车停在了路边,一男一女满脸无奈。他们看了一会儿,直到离得远了。林嘉宇问她:"那你为什么坚持要留在北京?"

晓晖看着窗外:"我也说不好。他问我要不要一起走,我很害怕。"

　　林嘉宇默不作声，心里却忽然明白了一件事情。他想，这个女人也许只是想利用自己从这份感情里挣脱出来。这种想法让他觉得懊恼和可悲，但转念一想，他又何尝不是害怕孤单，所以贪恋着晓晖的温存呢？

　　回到北京的第四天，他陪她回住处，林嘉宇站在小区外等。晓晖进去时天边尚有余晖，等再出现时只剩下星光了。林嘉宇问她："他没有怎么样吧？"

　　晓晖面容憔悴，摇了摇头："如果他动手就好了。"她说她昂着头，期待着男友右手落下狠狠抽在自己脸上，但他却说无论如何，他走以后，要她照顾好自己。语气理智冷静，彼此甚至还握握手，礼貌疏远，像两个生意人刚刚结束了一桩买卖。出房门，进入电梯时，背后"咚"一声响，铁门撞击着门框，干脆爽快，仿佛火车站台上的钟声，孤独地遥送着列车远走，从此相忘于江湖。晓晖不知道该高兴还是该难过，脑中只剩下一个念头——啊，一切都结束了。

　　她对林嘉宇说："一切都结束了。"很累，身心俱疲，仿佛经历了一场漫长的马拉松比赛。她在林嘉宇那里睡得香甜，半夜饿醒过来，林嘉宇煮了碗泡面，一人一口，汤也喝得干干净净。两人忽然不知要说什么了，风冷飕飕的，不关窗冻得人难过，关上窗气氛又安静得让人发慌。他们都有些害怕这种空虚的感觉。晓晖忽然问他："嘉宇，答应我一件事好吗？"

正如林嘉宇心中所猜测的，晓晖说："如果哪一天我们也要分开了，你也不要恨我。"这些话有些不合时宜，他还是点了点头。那时窗外泛了白，已经有人开始苏醒，他亲了亲晓晖的额头，说："放心吧，到时候我们都好好过。"

五

那一年晓晖30岁，林嘉宇29岁。秋末他们搬去了两条街之外，一间一居室，是个旧房子，墙上涂满了办证和通下水的小广告。搬家那天在楼下遇见一只小黑猫，眼睛黄灿灿的像玻璃，他们走它就走，他们停它就停，尾随到了门口，趴下，抬着头，可怜巴巴地叫唤起来。晓晖心疼它无家可归，带去宠物医院打了针。晓晖叫它"林林"，"林林"是他们的儿子。看剧时，叫一声"林林"，它便悄无声息地跳到脚下，团成一个毛线团。晓晖说："以后要是你离开我了，林林可要跟着我走。"

林嘉宇说："好。到时候你想要什么我都给你。"说着捏捏脚下黑猫，黑猫打了个滚，露出圆滚滚的肚皮。

其实冬天时公司日子已经开始不好过了。每天依然加班，但加班也无所事事，只是频率放慢，三个小时的事情拖成六个小时，六个小时的事情拖成两天。嘉宇说感觉自己干什么都是慢悠悠的，像只树懒。他们苦中作乐，每天依然喝咖啡，坐在咖啡店里，晓晖纠正嘉宇的普通话，从声母韵母开始纠正，嘉宇像个幼儿园孩子一样张着嘴任她摆布。两人说说笑笑，说着说着就讨论起周末要去哪里游荡。

于是那个冬天虽然事业遭遇危机，但却跑遍了北京城里的名胜古刹。寒冬腊月时，他们跑到颐和园，被北风吹着站在冰面上发抖。晓晖说上海也很冷，上海的冬天像拿针在骨头上扎。"北京呢？""北京像皮鞭抽屁股。"她边说边往林嘉宇怀里钻。林嘉宇拉开羽绒服，把她包裹起来，两个人鼓鼓囊囊成了一个大肉粽子。他说他们应该去广州，广州这个季节还是暖洋洋的，花市里五颜六色的，可以用各种鲜花插满晓晖的头，像出嫁的新娘一样。但晓晖说她想去故宫，等大雪纷飞时，天空像扬满轻飘飘的羽，缓缓落下，破碎声在广场上回荡。晓晖说："这情景肯定十分浪漫。"整个冬天他们都在等待着这样一场大雪，可是整个冬天雪都没有来。

春天时他们看了场话剧，戏台上翩翩演绎着悲欢离合，戏台下悄无声息。晓晖手很冰，嘉宇可怜她，把她的手掌塞进衣内，不多时渐渐温暖起来。他在她耳畔悄声说："一会儿去吃点什么暖暖身子吧。"他想带她去吃羊蝎子，沿着二环路向北不远就是簋街，沿着长街步行，两侧四四方方的玻璃房像是巨兽，风从巨兽之间吹过，吹得头发纷乱。晓晖抓着他的手臂，他看到那双手又冻得红扑扑的，于是把外衣脱下来，像缠纱布一样把手裹在里面，一面五花大绑一面埋怨："你啊，如果哪天我真的不能在身边照顾你，真不知道你会怎么样。"

那时他们已经各自开始寻找新工作了。林嘉宇说挣扎一下也总比等着淹死要好。两个人定下规矩来，每人每天至少投出三封简历，彼此默契不提未来是基本法则。他们都是孤单的人，人漂到哪儿，家就在哪儿，谁也无法照顾谁的未来。6月，晓晖要搬向南城了，收到录用函那天她抱着林嘉宇大哭，她说："嘉宇，你陪我一起去好不好？"

林嘉宇却摇了摇头："晓晖，我们是不一样的人。就像是两条线一样，从不同的地方到来，虽然相交，可是最后还是要分开。一个向左，一个向右，往不同的方向走，来处不同，去处不同，越来越远，谁也看不到谁。等待本来就是个没有结果的事情，你不能等我，我也不能等你。"

他悄悄隐瞒下了自己的秘密——其实晓晖投递的公司他都投过，连同附近的企业，甚至包括了几十人的创业团队，但自始至终，所有希望像消失在隧道中的光芒，想要抓住却抓不住一丝。眼看着自己渐渐被甩在后面，只剩下了漆黑一片。

离别那天，他亲自开车送行。晓晖拉着行李箱，林嘉宇抱着笼子，那只猫害羞得团起来，好奇地打量着玻璃外的世界。林嘉宇和它打招呼："林林，跟我说再见。"他摆弄着它的爪子，总算听到一声"喵"叫。

一路向西，又转向南，走走停停，贯穿了整个北京城。分别时晓晖问他："你会来看我吗？"阴雨中两人礼貌地拥抱，他说："你放心吧。咱们都在北京，总有见面的时候。"其实林嘉宇并不相信，他知道北京太大，几千万人之中，相见只是奢望。他没有送她礼物，只说："以后我不能给你暖手了，你要自己好好生活。"不想留下念想，也就没了牵挂。他想，大家都是成年人，就不要藕断丝连了。

2017年的夏天，林嘉宇和何晓晖就这样分别在北京亦庄的十字路口。他们再也没有联系过。

文／李渔

房蜕

世界上并没有真正的感同身受，但所有的经历都是一个熬过每个今天，终于抵达明天的故事。

一

2016 年 11 月，在本地银行工作刚满两年的我，忽然有了辞职的想法，主要原因是和父母的矛盾不断升级，他们觉得一个女孩子有一份安稳体面的工作，找个门当户对的人结婚生子才是正常的人生顺序。

可我不甘心，总觉得安稳中藏着一眼看到头的绝望，体面下掩盖着入行即养老的颓废。如果每天的生活是复制粘贴、一键循环的过程，我宁愿不兼容。

世界对我来说像是一只支棱着长耳朵的兔子，我渴望爬到兔毛的尖端去看看。

瞒着父母，开始做辞职的准备，我一边发简历找工作，一边在网上找房子。我的个性比较粗线条，不太担心工作的问题，总觉得老天爷饿不死瞎家雀，倒是对住的地方很在意。地下室肯定不行，我喜欢阳光，阴暗潮湿会让人抑郁，太贵又承受不起。虽然工作有两年时间，可是把钱都用在旅游购物上，基本就是个月光族。身上银子不多底气不足，又不想将就。

工作地点暂时不能确定，找房子也比较盲目，本着无知者无畏的精神，开始搜同城之类的大型中介网站。有一周左右时间，我彻底迷失在眼花缭乱的网页里，直到失去耐心。后来在一个租房论坛上看到房东直租帖，房东发布的室内照片里贴着一张巨幅樱木花道海报。红毛小子抓着篮球，坏坏地笑，一瞬间，心被轻轻撩拨了一下。他是我最喜欢的动漫人物之一。没有犹豫，我联系了房东。

房东是个女孩子，说自己是二房东，想找人合租，地点在管庄东五环双桥路地铁站附近，五楼，房租2800元，分摊，押一付二。

她用视频带我看了房间。一共两间，她住主卧，我要入住的是北面的次卧，里面除了樱木花道，还有床、桌子、椅子和一个很有年代感的衣橱，有点类似我爸妈结婚时代的家具，正中间镶玻璃那种，房间里有明亮的窗户，看着还算满意。

当时也没多想就定了下来，为了让人家留房还交了500块押金。

我火速辞职，趁着父母没反应过来，拖着行李只身去了北京，出了火车站正式开始发傻模式。

二

下火车时已经是晚上8点多，北京站灯火通明，人山人海，落地的真实感和陌生感扑面而来。随着人流走向出站口，我忽然意识到除了房主，我一个人也不认识。

联系了房东，她先是建议我开导航，可是导航对于我这个连东西南北都不分的路痴来说形同虚设，柔美的女性提示音只能让我更烦心。

好在房东很有耐心，她告诉我如果坐公交，从北京站出发，在站东找到黎各庄639路，到周家井换乘从小庄东口到武夷花园的342路，到杨闸环岛西。要是坐地铁，就从四惠到靛厂新村，再坐八通线，到管庄，中间还说了一堆苹果园、西直门2号线什么的，那种感觉就像文科生误闯了理科生的教室，听天书。

我只尝试了一下找公交车站，五分钟之后彻底放弃。北京对我来说如同一个巨大的迷宫，我直接打了绿色的出租车，奔向未来的新家，下车时结账78元。

恨不得出租车能直接开进房间，进入楼群之后，我依然迷路，再次打电话给房东求助。听了我的描述，她无奈地告诉我下错车了。她再一次开启真人语音导航，我拿着手机按照她的指引穿过一个陶瓷市场，又钻过立交桥，顺着一排巨大的铁栅栏找缺口钻进小区，再找到蓝色招牌的小超市，正对着的 46 号楼就是。

终于，拖着大皮箱，吭哧吭哧爬上五楼，站在门口等我的是一个比我矮很多、穿着睡衣的女孩，满身的 Hello Kitty。她是我在北京唯一的室友，也是我在北京认识的第一个朋友，老家在湖南一个小县城，熟悉之后我喜欢叫她湖南妹子。

我到达时已经是晚上 11 点多，晚饭还没吃，在厨房下了两包方便面当晚餐，把从东北带来的香肠统统扔到里面。我给湖南妹子也做了一份，感谢她的导航之恩。

我的箱子挺大，里面装的都是衣服、零食，最显眼的是 8 包卫生巾，不知道为什么就是担心没地方买，至于被子之类的生活必备品根本没考虑过。

湖南妹子说一口"湖普"，她悄声嘀咕"居（猪）脑壳"，看我的眼神一脸嫌弃。北京 11 月的气温一般在 10℃ 左右，我去的那天突然降到零下 9℃，我连羽绒服都没穿，为了漂亮只穿了一件黑色的雪花呢大衣。本打算盖着外套糊弄一晚上，湖南妹子却坚持让我和她挤一条被子，我这条东北女汉子被湖南妹子的豪爽折服了。

洗漱时很有仪式感。卫生间超级小，洗脸池像鸡食槽一样镶进墙壁里一半。洗脸的时候要 90 度弯腰，把头探进去，否则水就会溅得到处都是。这种姿势很考验柔韧度。洗澡的时候，为了防止水淌到客厅，要将双腿岔开站在马桶两侧或者坐在马桶盖上。离家之后的不适感汹涌而来，我有点后悔了。

一直折腾到晚上 12 点多，终于躺在异乡陌生的床上和陌生人共挤一条被子，很别扭。尽量保持身体的距离，忍着不翻身，虽然很累，却睡不着，还有点想哭。人也许就是这样，不逃跑，烦，离开了又想。

渐渐地，眼皮开始打架……

蒙眬中感觉有什么东西在身体上缓缓蠕动，有点痒，下意识用手一抓，碰触到一种带壳的爬虫。我大叫一声从床上跳起来，连滚带爬跳到椅子上。湖南妹子睡眼惺忪地打开台灯，镇定地从被窝里抖出一只蟑螂，拿起拖鞋一阵猛拍，然后跳上床接着睡。我看看地面上蟑螂的尸体，再看看床上的人，忽然感觉很庆幸。

我来北京的第二天，接到一家金融管理公司的面试电话。面试出乎意料地顺利，招聘的 HR 是东北老乡，聊得不错。第三天通知我被录取了。我在三天之内住处、工作统统搞定。

和湖南妹子渐渐熟悉起来，说话少了顾忌。她总说我傻人有傻福。她告诉我她来北京六年了，从湖南到北京，先是在高中同学的寝室挤了三个多月，舍管检查就躲到晒台上的铁筐里。当时正是 7 月，北京气温将近 40℃，两个人挤一张床，翻身都困难，挨着蚊帐的那侧，被蚊子咬出半身蛤蟆皮，贴着人的那侧一身痱子。因为个子小形象不好，一直找不到工作，她卖过手机壳，在餐馆当过服务员，最落魄的时候靠喝从家里带来的奶粉维持了一个星期。

我问她为什么不回家，她抠着已经残了的美甲告诉我，一直没赚够回去的车费。

三

我工作的公司在北二环，从北二环到管庄要两个多小时的车程。公司每天都要加班，晚上 10 点多到家成了常态。湖南妹子在一家留学中介工作，朝九晚五。

晚上下班回家，出了地铁要经过一条"甘肃街"，里面租房的大部分是在附近做小生意的甘肃人。这条街路灯昏暗，路面狭窄。

工作一个月左右的一天晚上，刚走进巷子，就感觉后面有人尾随。我从路中间转到人行道上，加紧脚步，身后的人也从路中间跳到人行道上。转过拐角，隐约可以看到小区的廊灯，我撒腿就跑，后面的人也开始跑。我穿着高跟鞋，深一脚，浅一脚。身后的脚步声渐渐逼近，借着居民楼的微光，回头一看，一个干瘦的男人，弓着背，头上戴着套帽，手里握着一把明晃晃的短刀。

寒冬的深夜，一个行人也没有，我并不是忘了叫喊，而是紧张到口干舌燥，喉咙发紧，根本发不出声音。

终于被逼到车棚的墙边，刀闪着冷冷的光，距离我的脸不到一寸。那个男人只露出一双眼睛，那双眼睛细长，透着凶光，左眼角下有一颗黑痣。眼睛的阴影面积很大，像一个骷髅。

他伸手抓住我的包，往外扯，我紧攥着不撒手。他威胁我："再不放手砍你啦。"僵持中，身后的楼群里有一个男人拎着垃圾袋朝这边走过来，这时我才"啊"地叫出声，打劫的人看到有人出现，转身跑掉了。

我忘记自己怎么回到出租屋的，湖南妹子开门时说我的脸白得吓人。那天晚上她陪我一起睡，半夜无数次被噩梦惊醒，每一次她都像哄小孩一样，用手在我肩膀上轻轻地拍着。

出事的第二天，我和公司经理说明了情况，从那以后，公司很少让我加班了。偶尔回去晚了，走过那条巷子心里还是毛毛的，走路时东张西望，总觉得有人会从角落里跳出来。

四

一个周末，走出地铁口，看到湖南妹子在路对面朝我挥手，旁边站着一个推自行车的红毛男孩，他是湖南妹子的男朋友严寒。

严寒是石家庄人，鲁美毕业，来北京之后一直在帮别人画宣传画。

每个周末严寒都会来看湖南妹子，两个人再骑上湖南妹子的破自行车来接我下班。我和湖南妹子都喜欢穿高跟鞋，又懒得走路，严寒就用自行车驮我们。湖南妹子坐在自行车前面的横梁上，我坐在后面，严寒负责努力蹬车。遇到上坡谁都不愿意下来，每次骑上坡顶，严寒都累得大声号叫："没天理呀！"我们一起笑出眼泪，那段日子美好得不像话。

严寒喜欢自己剪头染发，说有个性，红头发正中间竖起一撮毛，我给他起外号叫"苹果核"。

"苹果核"偶尔会带我们去公园或者广场画肖像。他画画的手法特别嚣张，只用一支老式钢笔，几笔勾勒出轮廓，人物的五官细画，神态抓得特别好。有一次遇到一个德国古董商人，巴掌大的一幅肖像竟然给了我们100块钱。

严寒用赚来的钱请我们去附近一家苍蝇馆子吃豆角焖面。我和湖南妹子头碰头，吃得热情高涨。严寒像小狗一样，眼巴巴等着我俩剩下的"福根"。那顿面是我这辈子吃过的最好吃的面。

转眼来北京已经一年多了，和父母的关系没有多少缓和，我妈还是不肯接我电话。

2017年12月10日，严寒过生日，带湖南妹子和我去他的出租屋吃饭。严寒住在公主坟那边的平房区，一个月租金600块。

我问湖南妹子，你们为什么不住在一起，这样还能节省开支。她告诉我严寒和兄弟们在一起消息比较灵通，好找活儿，她还说严寒是个居（猪）脑壳，两个人天天腻在一起会吵破天。

我第一次见识这种平房，不到八平方米的地方摆着上下铺，住着三个男生。窗户被院子的墙挡住一半，只有下午才有一线阳光。没有厨房，没有卫生间，洗澡要去公共浴室。夏天可以在房东那边冲凉，15分钟5块钱。

大冬天，三个男生穿着卫衣热气腾腾在院子里杀鸡，用煤球炉子煮鸡。院子里香气四溢，房东的小孙子被吸引过来，分走一只鸡腿。本来说好两只鸡腿我和湖南妹子每人一只，湖南妹子把剩下的鸡腿夹到我碗里，抱怨说："人在矮檐下吃鸡丢条腿，穿开裆裤的小屁孩儿都敢和我抢吃的。"我们差点儿笑出眼泪，她居然为一只鸡腿和小孩子置气。

五个人围着盆，手里握着啤酒瓶，颇有绿林好汉的范儿。

肚子里装着廉价的食物，脑子里存着不知什么时候实现的梦想。一个会弹吉他的男生抱起吉他，轻声弹唱着毛不易的《消愁》：

> 一杯敬自由，一杯敬死亡
> 宽恕我的平凡，驱散了迷惘
> 好吧天亮之后，总是潦草离场
> 清醒的人最荒唐……

邻居们投来宽容的目光，笑嘻嘻欣赏我们发疯。脏兮兮的孩子说着五花八门的方言在院子里乱跑。所有的声音混合在一起，发出巨大的回音，飘荡在北京上空，卑微而响亮。

严寒揽着湖南妹子的肩膀说，我把我的灵魂寄存在你那里。

五

我和湖南妹子的房子出事了。

正牌房主要去日本，急着卖房子，愿意退我们三个月的房租，唯一的条件是三天之内必须搬走，湖南妹子给严寒打电话求救。

严寒和一个做服装批发生意的老板很熟，那个老板在北京有好几套房子，其中一套房子用来做仓库，说可以借给我们住，只要不动他的货就行。我和湖南妹子商量了一下，反正就住几天过渡一下，而且人家还不要钱，就同意下来。

因为搬得急，我们买了很多红蓝白塑胶袋装东西。女生的东西多，湖南妹子来北京六年了，一张纸片都舍不得扔，大大小小一共装了十二条麻袋。

白天要上班，只能在晚上搬家，严寒叫了出租屋的朋友过来帮忙。湖南妹子的行李中有个又大又重的棕色提箱，塞得仿佛要炸开一样，体积只比严寒少一点点。楼道很黑，严寒扛着箱子走在我前面，每迈出一步腿都在抖，那个拼尽全力的背影深深刻进我脑海里。

街灯晕黄，在夜色中映出一种漂泊感。我第一次体会到"北漂"这个标签像一个族群或者部落的代名词，有着历经风雨的沧桑感。它更像一个接头密码，北漂过的人都会产生在同一空间挣扎过的亲切感。

新家在朝阳公园附近，是一套两室一厅的精装修"山洞"房。

因为长期没人住，房间的霉湿气很重，新衣服的甲醛味更是熏得人睁不开眼睛。老板唯一的要求就是不能动他的货，可是如果不动货，我们连下脚的地方都没有，一摞摞的牛仔裤直堆到天花板。

严寒皱着眉头说让我和湖南妹子去他的出租屋住，他们几个搬过来，可是如果那样的话，离公司的路程又远了一个小时。

我和湖南妹子一商量，决定坚持几天，我们在客厅收拾出一块地方，铺好被褥。客厅的灯坏了，只能借洗手间的灯照明。

我们俩像刚到北京一样，挤进一个被窝。

湖南妹子说："咱俩不会被熏死在这里吧！"

我"噢"地大叫了一声，说："房间里有回音声呢！"

湖南妹子说："住山洞你还玩，是（si）不是（si）傻？"我们两个笑成一团。

第二天早晨醒来不太乐观，头痛欲裂，鼻子痛。

六

三天之后，严寒给我们打电话，高兴地告诉我们，在我们原来租的房子附近又找到一家顶楼，房租才 2100，家具齐全，可以拎包入住。他还特别强调是找正规中介租的房子。

我们过去一看，房子果然不错，还是大中介让人放心，服务好。交了租金，当天就搬了过来。

没想到，住了半个月之后，隔壁租房的小夫妻告诉我们，我们住的这间房前房客因为抑郁症跳楼自杀了，所以租金才低，我们住进来之前他们总听到房间里有动静。

我们竟然住进了凶宅。

回屋之后仔细观察，客厅天花板的东南角有一大块黄色的印记，我问湖南妹子会不会是祭奠时被香烛熏出来的痕迹。

听说那个房客是从主卧的窗户跳下去的，湖南妹子和我就挤在次卧，晚上起夜都要结伴。有天半夜，暖壶盖"嘭"的一声弹出来，吓得我们大叫着抱成一团。每天下班都不愿意回家，回家就钻被窝。

湖南妹子把严寒骂得狗血喷头，让他过来住几天，给我们壮胆。

这间房子的风水确实不好，湖南妹子不小心怀孕了。

一开始湖南妹子要找一家私人小医院做人流，说几百块钱就能解决问题。我坚决不同意，有些事一个失误就是一辈子。我陪她去正规大医院做了检查，医生说位置不好，因为之前做过太多次手术，子宫比纸还薄，有粘连，手术加上治疗费至少要5000块，要是手术中途发生问题花费更多，还提醒湖南妹子好好考虑，以后能不能怀孕很难说。

湖南妹子给严寒打了电话，把医生的话转述了一下。严寒在电话那边迟疑了很久才说："别听医生吓唬你们，又不是没做过。"

我第一次看到湖南妹子哭，她的眼泪悄悄流下来，没有一点声响。我恨死自己了，到了北京我依然是月光族，而湖南妹子的钱大部分支援了严寒和他的兄弟们，再加上我们刚交了房租，确实手头都没有钱。

辞职之后我妈一直不原谅我，连我电话都不接，我只能把电话打给我爸，那是我到北京之后第一次向家里要钱。我没说具体原因，只说急用，会还给他们，我爸火速往卡里打了两万块。

湖南妹子做完手术，坚决要和严寒分手，起因是一碗粥。

做完手术回家那天，严寒和我把湖南妹子扶上楼，他问湖南妹子想吃什么，他叫外卖。湖南妹子冷冷地说："你回去吧，外卖我自己也会叫，我需要的是一碗在自己家里煮的粥。"

严寒低着头在床边坐了一会儿，离开了。

过了两天，他给我发微信，说他找朋友凑了点钱，打给湖南妹子了，他又接了新活儿，最近可能过不来了，让我照顾好她。我真的不知道说什么好，其实湖南妹子一直在等他来，一听到楼道里有脚步声就往门口跑。

严寒的电话少了起来，从一开始的每天一通电话，到后来三五天一次，再到微信都不发了。

晚上，我站在湖南妹子的房门外，里面静悄悄的，但我知道她一定在哭。湖南妹子的身体一直没恢复，连工作都丢了。每天下班我急匆匆从公司往家跑，就是为了把中午在食堂买的鸡腿带给她，我还学会了煮红枣花生水给她喝。湖南妹子越来越瘦，像纸片人一样。

有一天她对我说："他为什么不再坚持一下呢？也许我

就原谅他了，其实我不怪他，都是穷孩子。严寒是单亲家庭，每月还要给母亲生活费，没有能力养我。"湖南妹子的母亲早逝，父亲再娶，家里已经没有她的床了。

三个月后的一天，我下班回家，看到严寒抱着一束玫瑰花蹲在楼下，他说给湖南妹子发了微信没有下来，他也不好意思再上去了。严寒的红头发褪了色，新长出来的黑头发夹杂了不少白发，他才25岁。

我替他把花拿了上去。湖南妹子和我躲在窗帘后面，看到严寒一直朝我们的窗口望，又等了一会儿，慢慢走出小区，消失在我们的视线里。

多少人爱得轰轰烈烈，却输给了"我以为"。一个不问，一个不说；一个以为不会走，一个以为会挽留；一个褪不下骄傲，一个还在等回头……明明一个拥抱就可以解决的事情，就这样不知不觉走散在人生的十字路口。

严寒离开半年之后，我和湖南妹子终于搬离了凶宅。她在我公司附近找到了工作，我们一起租了公司附近的隔板间，这一次我们找了搬家公司。

2018年北京下发了通知，整治群租房、隔断房，对违规出租屋进行清理和整改。物业在单元门口贴了通知，要对租房人员进行登记，上报租房人所有信息，包括籍贯、单位、婚否，否则限期登门强制搬离。

我们再一次在北二环附近找了房子。搬家那天，我和湖南妹子坐在搬家公司的车上经过一个大型冰场，她指着一幅巨型宣传画说，那是严寒画的，他说那个女孩子是照我的样子画的。画上的男孩子牵着女孩子的手高高举起，像在和我们道别。搬了这么多次家，这一次才真实感觉到我们和过去告别了。

七

2019年5月，我爸突然打电话，说我妈在检查身体时出了问题，让我赶紧回家。我直奔机场，又打电话通知了湖南妹子，没想到这次离开再没回去。

我妈住院之后，我打电话告诉湖南妹子我回不去了，北京的所有东西都归她，我们就那样抓着电话，不愿放下，又想不出该说些什么。

2019年年底，湖南妹子去了日本富山县打工，联系越来越少。严寒去了深圳，他在微信里说希望湖南妹子离开他之后能过得更好，湖南妹子却再没提起过严寒的名字。我们三个就这样走散了。

在北京我一共搬过五次家，每次都和湖南妹子一起。我们俩是房子的灵魂，我们离开之后，出租屋就留在了回忆里，它一直守在原地包裹着形形色色的租客，不动声色。

前几天我和我妈在大连中山路散步，忽然听到木头咖啡屋传出毛不易的歌："一杯敬自由，一杯敬远方……宽恕我的平凡……灵魂不再无处安放……"

正在出神时，我妈拍了拍我，说："闺女，你怎么哭了？"

文 / 张焱

一场盛大的婚礼

当礼赞与埋葬梦想同步，家乡已不是唯一的归途；当激情被时间消磨殆尽，婚礼却是唯一相爱的方式。

一

当老陈在电话里告诉我可以住在他那儿的时候，我忽然意识到，他和女友已经分居了。

老陈是我的堂兄，大我七岁。国内某 985 大学计算机专业毕业，之后在美国读了财会的硕士，曾经有过留在美国的打算，但出于种种原因，他在 2015 年回国，然后开始北漂。2018 年那会儿在四大会计师事务所之一工作。逢年过节我们都会在西安见面，但我还没有去北京看过他。

老陈和女友韩玥在大学时相识，毕业后一起申请了国外的研究生，然后一起回到北京。之前我一直听家里人说老陈和女朋友的关系不太稳定，过年回家时家人还张罗着给他相亲，他嘴上答应，但一次都没有去过。

到北京的那天是工作日，老陈还在上班，我只得一个人拖着行李箱四处游荡。大约晚上7点，老陈和几个同事一起从单位里走出来，他变化不大，只是胖了些。

大概半小时后，我跟在老陈身后走出太阳宫地铁站。小区离地铁站不远，一梯十多户，老陈租的房子一室一厅一卫，房租6000元每月。把行李放在他家里后，他带着我去附近的餐厅吃晚饭。一同前去的，还有一对情侣，杜成和李燕。杜成是老陈的高中同学，他身材高大，带着一点婴儿肥，一双眼睛非常有神，看起来自信而精明。而身材娇小、语气轻柔的李燕则是老陈现在的同事。

李燕和杜成清楚老陈和女友分居的现状，倒也没有避讳什么。杜成主动问老陈："你媳妇儿现在住哪里？"

"和她朋友合租。"

"哄回来啊。"

老陈没有接话。李燕接着说道："女孩子住肯定也有些事儿不方便，你没事儿多打电话问问。"

"有事儿会联系我的，她舍友陈玲我也认识。"

"你这统战工作做得可以啊。"杜成调侃道。

"没那么邪乎。"

老陈向我们解释道，韩玥之前就和陈玲合租过，之前有一天晚上韩玥加班，一个人在公寓的陈玲忽然打电话给韩玥说有陌生人在门口晃荡，吓得陈玲要报警，韩玥急忙给老陈打了电话，让他去看看情况。

"我当时拎着菜刀就过去了。"

"这么吓人。"李燕瞪大了眼睛，"那最后没事儿吧？"

老陈摇了摇头："没见着变态，我倒觉得路人看我拎把刀像变态，那姑娘可能真是吓着了，我进屋的时候还穿着睡衣。"

"晚上穿睡衣怎么了？"我插了句嘴。

"夏天的睡衣。"老陈微微挑眉，嘴角向下拉了一下，"我看没事儿就赶紧走了。"

"避嫌啊，还挺绅士。"

"倒也不是，急着回去打游戏。"

走出餐厅，李燕一直和杜成说着要换新耳机的事情，起因是在公司里老陈把自己的一副发烧友级耳机借给了李燕，用惯了几十块钱耳机的李燕自此一发不可收拾。杜成则认为李燕根本就听不出区别，就是想买贵的，属于不理性消费，然后断然拒绝，而李燕则用从老陈那里学到的话据理力争。

老陈点起了烟，和我一起听着杜成和李燕吵嘴。进小区前，他娴熟地在门口的投注站买了一张彩票。

杜成和李燕在老陈这儿待了一会儿就离开了。他们走后老陈在客厅玩电脑。他本想打开 PS4 让我消遣时间，我告诉他不用，然后躺在沙发上看小说。公寓的客厅很拥挤，靠近中间的位置摆了一张茶几，一台电视靠墙放置，边上摆着 Switch 和 PS4，电脑桌在客厅的一侧，与厨房一墙之隔，而客厅的另一侧则是卧室。看着老陈的背影，我忽然想起小时候在他家里的电脑房，我就是这样靠在床上，看他打 WOW 和 GTA3。

在西安，6000 元已经是很多人的月供，可在北京三环，6000 元月租的房子却小得可怜。我躺在客厅的沙发上，转个身鼻子都要碰到茶几。晚上他睡在卧室里，我们的直线距离大概只有三米。时间已经是午夜，但我们都没有睡，有一搭没一搭地聊着天。

老陈跟我聊起他本科时的一个学长陈风。陈风在 2010 年开始搞比特币，后来回家自己拉电线租场地，当起了矿主。那时陈风还劝老陈也可以买一点。再后来，比特币变成了虚拟黄金，陈风也更换了所有的联系方式，老陈也联系不上他。

"他应该是翻身了，换联系方式也是为了保护自己吧。"老陈如此揣测。

"翻身"是老陈常常提起的一个词，但这是一个模糊的词汇。老陈的学历和数倍于平均线的薪水，或许已经是很多人的"翻身"了。站在他的位置向下俯瞰，他似乎已经站在许多人梦寐以求的位置上。他的能力与家庭提供的资源，给予了他一次向前跃进的机会，以一种体面的状态留在北京。可当他抬头向上看去，那些渺远的似乎永远无法追上的"后浪"，又让他对未来的憧憬在虚幻与真实之间摇摆。

我向他询问起女友韩玥的事情。

"我这事儿比较复杂，我们两个在一起这么多年，什么都经历过了，这就类似于七年之痒吧。"

老陈没有解释所谓的复杂具体指什么，我想起客厅垃圾桶里的那些废彩票，也没有继续问下去。

我单纯地觉得他离婚姻只差临门一脚，总能找到解决的办法的。老陈的父母都很担心他的婚姻大事，他的母亲常常向我吐露自己的担忧，总觉得老陈花了太多时间在打游戏上，对工作、爱情都不够上心，在耽搁自己的时间。焦虑之下老陈的母亲甚至还给韩玥打过电话，如果她不愿意跟老陈结婚就不要拖着他。

"然后呢？"我有些好奇后面的发展。

"然后她就给我打电话了，边打边哭。"

老陈的语气中没有一点自得或是自责。他们两人已经在一起很久了，那些听起来波澜起伏的事情，已经很难在他们生活里掀起什么风浪。在美国的时候，圈子很小，他们两人就像孤岛上的两名幸存者。即便如此，争吵还是常常发生。而如果不是因为在美国那种几乎与世隔绝的状态，他们的关系甚至可能撑不过那两年半的时光。

"我不是跟你吹牛，我读书那会儿喜欢我的女生挺多的，也就是那会儿不懂事，天天就想打游戏，不然……"

老陈的声音忽然低了下去，他趴在床上，把脸转了个方向。

"不然？"我接着他的话问道。

老陈的声音变得比刚才远了些，像是十余年前的记忆拉远了我和他之间的距离一样。

"翻云覆雨……"

二

第二天，老陈照常出门上班。那天太阳把北京的沥青路晒得泛白，炽烈的阳光像是要吞噬一切活物，在屋子里靠近窗户一点都能感到阵阵热浪。除了出门吃饭，我窝在沙发上看了一天的小说。晚上老陈回来时，喝了不少酒，脱了衣服便趴倒在床上，但他并没有睡。到了夜里，他打开微信，在和人语音聊天。我听不清他在说什么，只是觉得那头的人应该就是韩玥。

隔天是我来北京的第一个周末，我联系了迪迪一起吃饭，他是我的高中同学，本科毕业就来了北京当码农。迪迪来的时候老陈还在加班，我和迪迪不好意思开空调，就在公寓里光着膀子玩PS4。

门铃响了，我们都以为是刚订的肯德基。迪迪起身去开门，几秒后，他空手返回，一言不发地套上扔在沙发上的短袖，面对我询问的目光也只是尴尬地眨了眨眼。

我起身，望向门口，看到了一个漂亮的南方姑娘。

她已经熟练地从门口的鞋柜里拿出了一双紫色拖鞋，我意识到她是韩玥，然后赶紧回身找自己的短袖。

"没事的，你们不用太拘谨了。"

没多久，老陈和外卖前后脚到了。看到韩玥他没有丝毫的惊讶，很明显他和韩玥说好了，理由大概就是弟弟千里迢迢来北京看望吧。但我和迪迪都有些尴尬，在客厅里坐卧不安，两人一合计，便拎着袋子到厨房吃汉堡炸鸡，留下老陈和韩玥在客厅里打游戏。

迪迪说道："我们这样好像在偷吃啊。"

"是有点啊。"

"你们……"

韩玥忽然探出头，疑惑地看着我和迪迪。

"老陈说客厅里不要吃东西！"我急忙说道。

韩玥转过头对客厅里的老陈说："你自己不也在客厅吃外卖。"然后招呼我们坐到客厅去："哪有那么多事，你们过来吧。"

坐在电脑前的老陈小声嘀咕："我啥时候不让他们在客厅吃东西了。"

4个人，客厅变得有些拥挤。我和迪迪坐在茶几边吃东西，老陈在电脑桌前打游戏，韩玥蹲在他身边，用手托着下巴，胳膊抵着电竞椅的扶手，身体向着老陈倾斜，几乎要靠在他怀里。

他们亲昵而自然，就像一对热恋中的情人。

三

两个月后，2018年的国庆节，我和老陈都回到了西安。

西安地铁1号线远不像北京那般拥挤，我和老陈并排站着，面前隧道里的灯光被摇曳成一段段耀眼的流星。我扭过头问老陈："还想不想回西安？"他拉着地铁顶杆上垂下的扶手，看着倒映在玻璃上的微皱着眉头的自己，思索片刻，然后缓缓说道："想啊，但工作和孝顺总得顾一头吧。"

那时在他家人看来，他和女友韩玥长达七年的爱情长跑几乎要走向一个悲剧的结局，老陈在北京的停留也因此显得有些固执。家人的催促、工作的压力如潮水般涌向他，他仿佛处在风暴的中心。

他离开了美国，似乎又要再次离开北京，然后回到西安，像是一班空空荡荡的驶回始发站的地铁。那些他在外面世界所看到甚至曾经拥有的一切，似乎转瞬间就将离他而去。

老陈告诉自己，如果他真的分手了，就回到西安，找个人，找份工作，过一辈子。在西安，生活可能会越过越小，但这没有什么不好，也是一种选择。

假期里的一天夜里，老陈开车带着我兜风。

刚回国时，他对国内公路颇有微词，尤其是当通过一些稍有坑洼的路段时。他说美国的公路很平整，就像漂亮女人的皮肤一样。那时他一手扶着方向盘，另一只手做出一个下滑的手势，声情并茂地描绘那种顺滑的感觉。我没有在美利坚的公路上开过车，但从他真挚的描述中，体会到了那种丝滑的感觉。

那天老陈提起在美国时韩玥曾发生过一次小车祸，所幸人没有受伤，对面的司机是一位慈祥的老太太。在医院里韩玥边哭边给老陈打电话，而那位老太太则在一边安慰她："Don't cry, darling."

"那你当时也吓坏了吧。"

"是啊。"然后他很快补上一句，"心疼车。"

当然这是在开玩笑，但这是老陈大多时候的状态，他已经很少直接地表露柔软的情感。

聊天间他手机屏幕闪了闪，是韩玥发来的微信语音，我隐约听见几句，是关于结婚的事情。

老陈摇下车窗，把烟头弹出窗外。"生孩子""婚礼"之类的词句不断传来，老陈语气平淡地回应着，像是聊着别人的事情。

坐在后排的我把车窗摇下一点缝隙，夜风沿着狭窄的口子灌进车内，呼呼作响，让我听不清他们的对话。

在北京见过老陈和韩玥后，我觉得他们的状态不像是一对即将分开的情侣，于是也不是很担心他们会分开，更何况他们之前已经共同度过了七年的时光，这几乎是他们人生中最美好的一段时光了，我总以为这是难以割舍的。

他们的聊天结束后，我揶揄道："稳了？"

老陈摇摇头，又点上一根烟。他叼着烟，声音含混而轻佻："哪有那么简单呢。"

四

2019 年 10 月，老陈和韩玥的婚礼在西安举办，我作为伴郎候补也到了现场。当天早上我们三个伴郎和老陈坐同一辆车前往酒店，路上我们一同哼唱着《Sugar》和《今天你要嫁给我》。路上有人看出了这是婚车，还向我们索要喜糖。

盛大的婚礼在城东边的一家酒店举行，作为婚礼的主要投资人，大姨父的开场发言中气十足。这或许是他人生里的高光时刻了，让他引以为傲的儿子终于抱得美人归。

高大英俊的老陈穿着暗红色的西服站在舞台上，在司仪的引导下回忆着一路走来的点点滴滴。灯光闪烁之下，韩玥穿着白色的婚纱走过布满鲜花的天桥来到他身边，哭着说自己在最好的年纪遇到最好的人，幸运地嫁给了爱情。

我在台下看着，眼眶湿润。

当天晚上，我们几个人一起去吃夜市，天空飘着点小雨，老陈开着车拉着我们到了老城区里一处夜市。下车前，他忽然告诉我，原本对买高价耳机不屑一顾的杜成不但答应了李燕的要求，然后给自己也买了一个。

"真香！"说完，我们一起哈哈大笑。

那个看起来笃定无比的杜成还是向李燕妥协了，或许在婚姻或是爱情面前，所有人都需要妥协，老陈也是如此。

　　老陈18岁时不顾全家人的反对，离开西安，到那个碧海蓝天的南方城市读完了大学，也曾怀着对大洋彼岸无限的遐想在美国度过了两年半的时光。最终他回到国内，又马不停蹄地来到了北京，在这个礼赞与埋葬梦想同步进行的烟火之地，进行了五年之久的拼杀。他的世界里，家乡早已不是唯一的归途。

　　而那一场盛大的婚礼，更像是他对西安这座城市的告别。

五

　　2019年年关前，老陈跳槽去了某互联网巨头公司，工作地点依然在北京，工资也提升了。这几年房价涨得不快，老陈工资增长的速度勉强跟上了房价上涨的速度。而一直以来被他父母责怪的没有背房贷的决定，反而成了相对正确的选择。老陈和韩玥从事的行业默许他们阶段性地跳槽，而每一次成功的跳槽，都代表着工资的提升。当老陈下一次选择跳槽时，不论从年龄还是其他条件考虑，他都会确定下自己未来安家的城市。

　　在茫茫如潮水般涌入北京的人群中，老陈和韩玥应该算得上幸运者，他们拥有一次机会去向前跃进，以期在未来成为大城市中的新精英阶层，但可能也仅此一次。他不止一次跟我讲过他不喜欢北京的气候，但多年前他也曾不止一次地告诉身边的朋友他一定会回到西安。

"就像一把RTS（即时策略游戏）里的'战争迷雾'一样，生活里也有很多选择，只有到了面前才能真正确定。"（注：战争迷雾，即地图中一片不可视的区域，只有玩家控制单位进入一定范围内才能获悉该地区的情况，是战争游戏中制造双方战术不可预测性的机制。）

老陈如此解释自己的决策方式。他并不明确未来自己究竟会在哪座城市安定下来，对他而言，过早思考只会带来无用的焦虑，他笃信只有当自己步入"迷雾"之中，才能迅速且有效地做出决策。至于父母的种种建议，老陈将其称为"停留在计划经济时代的产物"。老陈看到了更广阔的世界，但也因此感受到了更为巨大的信息差的存在，以及不同信息资源拥有者的生活轨迹的差异。

老陈自嘲没有能力，也没有资源，去做出能够越过自己阶层的判断。但是在这片雾霾可以随着人的意志而迅速消散的地方，他窥见了一丝希望。他或许可以留下，站在这里，努力踮起脚尖，越过"战争迷雾"，眺望到更远的地方。

文／姜林峰

我的校花室友

谈恋爱就像做一道上品菜肴。要准备好食材，还要提前试菜，等时机到了，就开火翻炒，加各种调料增色生香。最后还需时刻保持耐心等待它的成熟，每一道工序不容颠倒。

一

碧绿的豆角，金黄的水果玉米，削好皮的土豆放进水里，加盐，一平勺，6克，燕妮告诉我至少要浸泡20分钟。

锅里的水开始沸腾，把洗好的排骨倒入锅中，烫五分钟，去血腥味。

用这五分钟整理一下卧室好了。

床上、地板上、椅背上到处是燕妮的衣服，都说女人的衣柜里永远缺少一件衣服，燕妮至少缺三件。

燕妮是我的大学同学，也是我们学校的校花。2017年我们毕业于北方一所外国语学院。学外语的男生本来就少，我们班更少，只有我一个男生，再加上长了张娃娃脸，于是成了所有女生的萌宠。

大家对我一视同仁，沟通时丝毫没有性别障碍。这个在我头发上揉一把，那个在脸蛋上掐一下，搞得我无所适从。最让我难堪的是，姑奶奶们惰性发作时，会派我去超市扫货，购物清单上明晃晃写着某品牌卫生巾若干包。

上学的时候真的很寂寞，还好燕妮也很寂寞。

她太出众，不仅漂亮，而且聪明，锋芒毕露到没有朋友。燕妮是双语晚会的铁打主持人，不知从什么时候开始，我成了她的特别助理，背主持稿时我帮她提词，备台时帮她拿礼服、背包。

有一次在化妆间，她刚涂了半边眼影，忽然转过身，眯着眼睛对我说："知道为什么美女特别聪明吗？因为从小到大有很多男孩子追，经历转化成经验，慢慢就读懂了男人这个物种。"

看我一脸莫名其妙，她拍拍我的头："当然你这个雌雄同体的宝宝是个例外。"

我觉得有点儿气愤，感觉她在羞辱我，可当看到她在台上闪闪发光，像一堆土豆里的苹果，又把刚才的羞辱和气愤当成了理所当然。

大二时，燕妮和苏格兰来的外教西蒙谈起恋爱，西蒙不帅，脸上的五官不成比例，鼻子太长，嘴巴太阔，英语带口音，会把肉 meat（密特）读成"妹它"，他带给燕妮唯一的好处就是让燕妮的听力和口语又提升了两个段位。

二

定时器的蜂鸣声打断了我的回忆。

赶紧跑进厨房，从锅里捞出排骨，换炒勺，加玉米油。再把豆角、土豆、玉米沥干，土豆切块，玉米切段，炒勺里放入花椒、大料、葱、姜、蒜爆香，加三块冰糖，放入排骨煸炒，加东北农家酱一勺半，炒出香味，按顺序放入豆角、土豆、水果玉米，倒入山泉水两瓶，盖上锅盖。

长舒一口气，走出厨房，靠在客厅门上环顾房间，南北通透的两室一厅，当初多亏我爸妈有先见之明，2010 年在北五环给我买了 96 平方米的两居室。那时候房价不到两万，他们首付，我还月贷。

2017 年 6 月，进入实习期，基本也就算毕业了。我到北京一边装修房子一边找工作，有了住的地方心里安稳，找工作也从容。虽然学的是外贸英语，终究还是找到一份自己喜欢的影视后期的工作。以为生活会这样继续下去，没想到工作半年之后燕妮打电话给我，让我去北京站接她。

远远看见燕妮穿着黑色大衣，拉着上大学时的粉色箱子，箱子上是蓝色的哆啦A梦。她坐在箱子上，看上去有些疲惫，但还是那么出众。

　　我慢慢走过去，燕妮从箱子上跳下来，霸气地给了我一拳，说她没地方住，只能先投奔我这只"龟蜜"了。

　　我当然不介意和美女住一个屋檐下，唯一的要求就是不能往家里带陌生人。燕妮一笑，回敬道："你也不可以往家里带陌生女人，因为她们看到我会甩了你。"我挠挠头，傻笑。

　　我把主卧让给她，她没客气，只是坚持必须付房租，否则就搬出去住地下室。

　　晚上给她接风，去了小区里的私房菜馆。她用筷子夹起一朵西蓝花，忽然对我说："我和西蒙分开了。"

　　毕业之后，她和西蒙去了上海，燕妮原打算和他一起回苏格兰定居，没想到穿裙子长大的西蒙觉得在中国生活更轻松开心。他还说在中国混了几年也看明白了，中国女孩子的爱充满目的性，都是为了身份和利益才追外国男生的，老外也不是傻子，让你们这群中国妞随便钓。

　　燕妮不记仇，有仇立马儿就报了。她给西蒙工作的培训中心写了一封投诉信，揭发老外的教师工作证早已过期，现在上交的证件是在国内做的假证，并且他的资质根本没有达到在高级中学任教的水平。

　　燕妮把西蓝花塞进嘴里，用力嚼着："利用一切可以利用的资源，为我所用，我有错吗？坚决扔掉所有阻挡我前进的人和事，最大限度的善良一定要给对人。"

燕妮坚持将剩菜打包。她双手插在口袋里走在前面，我提着方便饭盒跟在她身后。

"乌龟蜜，你知道吗？很多时候，我是故意的，不是多喜欢那个男人，就是想先抢到手，觉得心里很舒服，看到女人们生气嫉妒也舒服，当然别人喜欢我也舒服，看男人们围着我转也舒服，互相吃醋也舒服，感觉自己像人生赢家一样。我是不是很坏？"

"你，没有真正喜欢过谁吗？"我随口问。

"喜欢有个屁用，恋爱，结婚，过一眼望到头的日子，房奴，车奴，妻奴，孩奴，结婚，生子，养老？我不愿意过那种琐碎的生活，更愿意过不知道明天会怎样的生活，不知道明天会怎样就有无限可能。"

我打开楼门，声控灯亮起之前，燕妮在黑暗中说："爱有什么用？能持续多长时间？一秒？一分？一天？一年？不能吃，不能喝，连擦鼻涕都不行。"

三

菜香弥漫了整个房间，我返回厨房，把饧好的面团放在案板上，用食指按了两下，软硬适度。

撒好面粉，拿起擀面杖开始擀面，横五竖六，燕妮平时的习惯。

燕妮太喜欢换自己的壳了，这个壳像她的另外一个灵魂，名字叫靓衫。

和校花合住三个月后，她在一家出国中介找到一份咨询顾问的工作。从她拿到第一个月的工资开始，我们就成了服装批发市场的常客。

北京大红门服装批发市场早上五点钟开门。每逢双休日，我和燕妮要步行15分钟到后八家，从后八家坐公交车到万寿路再换乘一路外环公交在木樨园桥站下车，再步行十多分钟才能到大红门。那时候我还没买车，燕妮为了省钱又不愿意打出租，只能各种折腾。

大红门有很多是厂家门店，服装价格便宜，但每款只买一件店主肯定不愿意走批发价。燕妮煞有介事地告诉老板："我和男朋友新开了服装店，需要打版款，只要把样装卖给我们就行。"

样装多多少少存在瑕疵，不是脏了，就是有些脱线，老板考虑之后都会以比较便宜的价格卖给我们。为了表示真诚，燕妮还会把自己的微信和街拍的店铺照片拿给老板看，看她认真演戏的样子，我每次都脸红得不敢抬头。

扫货结束，我们两个肩扛手提，每次都会弄四大包衣服回家。天气太热，人又多，车里没有空调，汗水顺着脖颈流下来，全身黏糊糊的。早中饭没吃，又起得早，每次我都能站着睡着。最讨厌的是，燕妮经常会在车上遇到咸猪手。

有一次，我们两个好容易挤上车，燕妮站在车厢中间，我被挤到靠近后车门。我正有些昏昏欲睡，忽然发现有个戴眼镜的胖男人慢慢靠近燕妮，站在她身后，顿时每根毛孔都警惕起来。

男人的身高和我差不多，一开始，他只是随着车身晃动不自觉往燕妮身上一下下靠，燕妮没什么反应，可能是睡着了，男人就把整个上身贴过去。

我赶快朝燕妮挤过去。那个男人假装换手抓吊环，用左手轻轻在燕妮的脖颈上抚了一下。燕妮实在太累，只晃了晃头。他干脆用左手环住燕妮的腰，把嘴凑到燕妮耳垂边。虽然隔着人群，我把自己的手机扔了过去。

手机打在男人后脑勺上，男人"哎哟"一声大叫，全车人的视线都集中在他身上。燕妮清醒过来，马上意识到发生了什么，她攒尽全身力气，用高跟鞋狠狠跺在男人脚上。随着第二声尖叫，公交车正好到站，胖男人蹿下车前居然给了我们一个猥琐的笑。

我把燕妮拖下车，胖男人早已不见踪影，我坚决要打车回家，燕妮气得骂我耍小孩子脾气，浪费钱。不过看到四袋子战利品安然无恙，她又兴高采烈起来。我高兴不起来，决定从明天起不玩游戏，多接活儿，不吃早饭，不打车，省下所有的钱用来买车。

回家之后，我们匆匆扒了几口方便面，我的碗还没洗完，燕妮就开始各种剪裁。

剪掉卫衣一半袖子接上牛仔衬衫的袖子；把长裙子剪成刚刚能遮挡短裤的彩虹裙，让肩膀颈完全裸露出来；甚至凉鞋她也改，用波西米亚麻绳当鞋带，或者剪掉鞋的两条带子，变成拖儿。

她美丽的脸已经很吸引目光，再加上这种大胆的风格更加引人注意。

我一边帮她处理剪口上的线头，一边嘀咕："花瓶！"

"花瓶就花瓶。"她反驳，继续坐在衣服堆里像仙蒂瑞拉一样缝缝剪剪。

我知道她不是花瓶，业务能力很强，不是靠衣服。刚入行的时候，她每天晚上读资料到凌晨两点半。在学校她就是你学习时我捣乱、我挑灯夜战你却在睡觉的类型。

有时候两三点钟起来喝水，常看到从她门缝里透出的灯光。站在门边，我想象着她头上别着笔帽，歪着头画重点的样子。她想考下心理咨询师证书。她总是说："学习是抵御、淘汰对手，保持竞争力的唯一武器。"

有一副好皮囊还那么努力的人是可怕的。她的身材管理很好，身高165cm，体重只有90斤。这个美丽的女孩子，肚子里装着粗糙的食物，脑袋塞进各种知识，心里空无一人向前奔跑。

四

手劲要均匀，饼才能擀得又薄又圆，第一层很重要，不能心急，否则会影响整道菜的口感，我感受着面饼的筋道在掌下慢慢展开。

2018年三八妇女节，燕妮有半天假，非拉着我逛街，正赶上北京某商超购物有促销活动。

活动内容是让男人穿上女朋友或者妻子的高跟鞋，在台上走三个来回，再站上几分钟，回答几个问题。每对参与者会赠送两瓶五公升洗衣液。

燕妮非要拉着我参加，说那两瓶洗衣液可以用半年。

幸好我和燕妮的脚差不多大，我不情愿地脱下运动鞋，换上燕妮鲜亮的红色高跟鞋，试着走了两步，差点儿摔倒，台下一阵哄笑。

主持人把装洗衣液的袋子递给我，鼓励说："再走几步。"

穿高跟鞋的感觉很别扭，重心不稳，洗衣液是累赘。主持人又把一个仿真娃娃塞进我怀里，让我慢慢走到燕妮那边。

主持人一边忍着笑跟着我，一边把话筒举到我嘴边，请问："这位帅哥有什么感想？"

我抱怨："高跟鞋就不是男人穿的玩意儿。"

主持人说："高跟鞋代表女人在社会上的压力，手里的孩子和购物袋是生活的压力。女人们每天都要承受来自方方面面的压力，还必须健步如飞，不能摔倒，摔倒就是一个家庭的失衡。我们只是希望在这个特别的日子里，爱人、情侣之间能互相体谅。"

主持人拍拍我的肩膀："拿着洗衣液回家吧，小伙子记得多做家务。"燕妮一边笑一边很自然地挽起我的手臂。

我们挤出人群，燕妮忽然问："我累了，你愿意养我吗？"

"不养。"

燕妮一愣，抓着我的手垂了下去。

"你不是告诉我男人说养女人是世界上最恶毒的诅咒吗？"

燕妮飞快向前走，我一瘸一拐追过去："你还说，又不是白养的，要给男人生孩子，做家务……"

燕妮推了我一把，生气跑开了，我差点儿摔倒。大街上的人都在看我们。我们还没把鞋换过来，我穿着高跟鞋追不上她，其实我心里很想说，我可以白养你，可是话卡到心里，说不出来。

晚上请她去红房子西餐厅吃饭。

燕妮叉起一块小小的巧克力蛋糕，说："还不够我一口的量，竟然这么昂贵，我也要像这块蛋糕一样，不顾一切美到极致、贵到极致。

"龟蜜，你没发现吗？我很会驾驭男人，一般水平的男人，根本不是我的对手。男人在追求女人的时候也会给她们相应的智力教育，无论是正向还是逆向，所以我的利益观念、经济观和现实视角远超其他人。还有，最近，湖北总经理……在追我。"

我低头认真对付牛排，没敢看她，又不是第一天知道围着她转的男人很多。偶尔她加班，我会偷偷去地铁站接她，那天刚下楼就看见她从一辆灰色的兰博基尼上下来。

"九头鸟哪里吸引你了？"我装作漫不经心地问。

"他是真正的高手，身在其中，从不动情。你去看那些生意做得好的男人，大部分在感情中都可以随便抽身出来，傻瓜女人却深陷其中。这就是目的和尺度没有把握好，或者说经历太少。"

她挺着天鹅颈，双手捧着冰激凌出神，亚麻色的长发闪闪发光，像一个美好的梦。美梦说的梦话却成了我的噩梦。

"燕妮，你从来没喜欢过什么人吗？"

燕妮摇摇头："动情就是自杀，因为在这个世界上，没有什么比爱情更具杀伤力。一旦动了情，再强势的女人也会沦为失败者，无欲则刚。

"女人不要轻易相信男人，他动动嘴，你就动了心，他演戏，你入戏。越有钱的男人找老婆越现实，只要你没有达到他的要求，再漂亮都没有用。不断提升智慧，提升价值，才会拥有足够的筹码去和男人谈价值互换。

"我和九头鸟说了，一套公寓一辆车，写我名下。不敢跟男人谈钱的女人是没什么出息的，你怕他说你物质、说你现实，却不知道谈钱更容易试探出一个男人是否真心对你，一个女人胆小怯懦、瞻前顾后，只能苦了自己。"

她把长发捋到耳后："我还是唤醒那个强大的自我，来实现人生逆袭吧！"

"你不是说九头鸟结过很多次婚吗？"

燕妮沉默了很久："我爬山爬得有点累了，想找个人拉我一把。"

一句话卡到我嗓子眼儿，难道手拉手一起向前走不好吗？再想想，我的人生终点可能还不及九头鸟的人生起点，话硬生生咽了回去。

五

把饼擀薄，倒油，对折，再擀，再倒油，再对折，一共要擀12次，出来的饼会有4096层。把擀好的饼放在正在炖的菜上，继续煮，直到收汤。这种饼叫烀饼，这道菜叫全家福，是燕妮家乡特有的食物，意思是长久的思念和无限包容。

我第一次吃这道菜是在燕妮家，一口巨大的黑铁锅，放在土灶上，揭开锅盖的一瞬间，时间停滞。

2018年冬天，燕妮奶奶重病，远房阿姨打来电话，说奶奶等着见她最后一面。燕妮是奶奶从小带大的，感情非常深，我第一次看她如此失态，哭着喊着要赶回去。

我陪着她，从北京到燕妮的家乡坐了16个小时的火车，下了车又赶上暴雪，所有的车都停运，连出租车都打不到，好容易打到了人家也不去那么偏僻的农村，怕出事儿。

燕妮坚持要走回去送奶奶。平常从市区到村里的短途车要开1小时20分钟，如果在大雪中步行不知道要走多久，很容易出意外。燕妮不顾我的阻拦，非要回去。

东北的大雪越下越大，越走越深，一直没到膝盖，鞋和裤腿很快湿透了，风吹得人睁不开眼睛。燕妮走不动了，又不愿意放弃，我只能拉着她向前走，背着她向前走，背不动再拉着走，最后是拖着向前走。

燕妮一边走一边哭，我也感觉两条腿不是自己的。到处白茫茫一片，不知道走到什么地方了。燕妮说想躺在雪地里休息一会儿，哪怕一秒钟也行。可我拼命拉她起来，气喘吁吁朝她喊："你一躺下就冻死了，再也起不来了！"

很快，身上的衣服也湿透了，冷得要命。我把大衣、围巾都脱下来给她穿戴上了，自己穿件蓝色的毛衣。原来冷到一定程度竟然会热，身上又烫又痒。我咬牙坚持，骨节攥得生疼，不停告诉自己："别趴下哈，你倒下，燕妮就完了。"燕妮说当时我们俩真傻，什么都顾不上了，她们家附近还有野狼呢。

就这样，我们足足走了9个半小时，终于见了燕妮奶奶最后一面。我进屋就晕倒在地，发了三天高烧，燕妮一直守着我。

醒来的时候，燕妮给我端了一碗粥，她一边喂一边说："11岁的时候，我父母吵架，父亲失手杀死了母亲，被判了无期徒刑。"

火盆里的火苗跳着舞。奶奶家摆着七八十年代的老家具，水泥地面裂着一条巨大的缝隙，院子的柴棚里有一辆没有脚踏的28自行车。我和燕妮似乎穿越到另外一个时空。

料理完奶奶的丧事，燕妮用土灶给我做了一大锅全家福，先装了满满一碗供奉在奶奶的照片旁边。吃完那顿饭，我们一起回了北京。

回到北京之后，燕妮情绪低落，整天靠在窗边看天空。和我们一墙之隔的年轻人因为抑郁症发作跳楼自杀了。我查了不少资料，书里说冬天的黄昏最容易出事。我怕燕妮想不开，买了一整箱胶带把所有房间的窗户固定了一次又一次。看我在梯子上笨拙地爬上爬下，蜷在被窝里的燕妮突然笑了，笑得上气不接下气，接着又扑到我怀里哭了。

六

燕妮的追魂电话来了："老公，你能不能快点呀，我都快饿死了。"

"好好，我马上过去。"

赶快跑到厨房，关火。拿了保温饭盒，小心翼翼把菜装进去，酱香扑鼻的排骨，青翠的豆角，软糯的土豆，香甜的玉米，筋道的烀饼，轻轻抖开一层，薄到透明。

2019年5月19日，结婚前夜，燕妮在隔壁给我发信息："我要得不多，一杯清水，一片面包，一句我爱你。如果奢侈一点，我希望水是你亲手倒的，面包是你亲手切的，我爱你是你亲口说的。听到我说这些，你不感动吗？"

我回她："我在想，我好像在哪儿看到过这句话。"

隔壁，燕妮大笑的声音传过来："你这个傻瓜直男。"

她再发："我要月亮。"

我在微信里回她："我也想要。"

过了好久，她才回一条："别的男生都会说，我爬梯子给你摘或者我给你定制一个水晶月亮，只有你这么回答，所以我们一起去摘月亮吧！"

其实我想说的是，无论去哪儿，总不能让你一个人流浪吧。

紧紧抱着保温桶，锁好房门，下楼，去给老婆儿子送饭喽！

文／杨乐一

第三章

在都市一角

练习隐身

在没有归属感的世界游离
对抗自我，对抗孤独

摄影：鲁瑶

生活在公交车上

机械复制的生活，终会让人过强免疫。卸下疲惫，去哪里都好。

一

上班路上，一位阿姨在公交车上打电话。车过明光桥，乘务员走近她身前高喊："明光桥北！明光桥北！明光桥北到啦！"她只是低头，并未注意。待电话挂断就已经是明光桥东，阿姨反过来埋怨乘务员："你怎么不叫我？我有很重要的事儿哪！"

才辩驳几句，乘务员就落了下风，直到车门关闭，阿姨还在回头骂："你碍着我事儿了你知道吗？这帮外地人，都是废物点心！"

满车都是人，但车里很安静。年轻的乘务员有点讪讪的，顺手摸了摸挂在腰上的红色小型灭火器。

对，那是一个灭火器，不是警棍。除了一个统一发放、20厘米见方的黑包，那就是他们的全部装备。每天跟车，全年无休，他们是第三方安保公司聘来的员工，和司机或以前的售票员都不是一个系统。

这是2018年的夏天，我坐在车尾，第一次留心起北京公交车上的乘务员。

大多数时候，坐在车上，我远远望着站在车头处的他们。别着"安全巡视员"的红袖章，藏青色工服外套，宽大的黑裤子拖着地，同色帽子懒懒搭在头顶，人也一样，斜倚在司机位后面的机箱一侧。

乘客上车刷卡，他们就喊（不一定是喊）一声：请勿携带易燃易爆危险品上车。偶尔也报站。但大多时候只是站或坐着。

在北京，每辆公交车都有乘务管理员。这是大多数人都知道的事。

可他们是谁？他们从哪儿来？他们为什么要来？他们在这里做什么，想什么？——就像游戏里的NPC（非玩家角色），你走过去，他们就活了，单击一下，就说出话来，让你去这儿或去那儿，视线移开，他们就消失不见，变成一堆数据，或者被忘记。又有谁会记得，或者关心一个NPC的脸呢？

但生活毕竟不是个游戏。

出于好奇，过去一年，我尝试在公交车上与他们"搭讪"。白天车上人多，不方便搭话，偶尔坐晚班公交，车里又太安静，不宜深聊。大多数乘务员见我主动，有些意外，害羞地回应了几句便不再说话。

老余是第一个同意加我微信的乘务管理员。

二

2019年11月的某天，北京下了一场大雪。老余发消息给我：明天排了"二班"，早上5点48分发车。你来吗？我连忙回复：来。

从家到公交始发站，坐地铁大概要半小时，我4点半起床，落雪的周六清晨，街上打不到出租，地铁发车又延期，没办法准时到，只好约师傅在住处附近站点上车。那是5点30分，老余已经吃了两个包子，等着开车了。

马路上新雪未化，路灯明亮，空气新鲜，令人愉悦。我站在站牌前深吸一口气，不忍拂去栏杆上的新雪。

6点15分，公交车抵达我所在的站台，我上车。

老余跟的这辆公交车是辆秀气的明黄色小巴。全车长20米左右，前后两个气门。除司机外只有9个固定座位，其中4个是红色"老弱病残孕"专座。

它从起点跑到终点，全长10.17公里。车型小，行动灵活，以最快的速度跑一圈，也要一个小时。

老余上午跟"二班"，也就是今天的第二趟车。第一趟5点半，第二趟5点48分，依次推移，最后一班7点10分发出。每天，乘务员的工作定量是跟车10圈，上下午各半。一个月满勤，工资4800元，折算下来，相当于老余每转一圈赚16块。

三

6点多的街上，车少，站台人也少，司机一路凯歌，偶尔穿进辅路，就能看到两旁树枝垂下来的雪带。车里没开灯，但我有点兴奋，不住往窗外张望，看车，看雪，也看人。

周末没人愿意起这么早，乘客都半睡半醒，各个斜坐着。间或上来一两个年轻人，背着书包，戴耳机合着眼；有几位提着大布袋的中年人，坐了七八站后，匆匆忙忙地下车。老余熟稔地和中年人打招呼，之后告诉我这些都是保洁员。

天还是阴着，有保洁员在铲人行道上的积雪，举着巨大的竹制扫帚，一下一下把积水赶过去。还有快递员小心翼翼开着三轮货车驶过，扫过低垂树枝上的残雪。

6点50分，第一圈结束。返回始发站，司机下车休息10分钟，车里只剩我和老余。

"您早上几点起的？"

"5点吧。"

"那是挺早的，您怎么过来呀？"

"骑个共享单车，10分钟就到。"

乘务管理员工资不算高，可管吃管住，每天两顿吃食堂，住集体宿舍。和老余住在一起的还有7个同事。人人都排了班，早晚互不影响。倒是晚上常有人叫喝酒，一喝就误了点儿。

麻烦事有两件：一件是住处没有Wi-Fi，手机流量常常不够用，年轻小伙子下班要打游戏就更不行了，只好一张一张买网卡，然后捧起手机不再和大家说话；另一件是总有人来检查安全问题，不让安上下铺，不让隔断，不让用插座、充电宝。"这么多人，万一有个什么，那就是大事了。"老余挺理解这些"麻烦事"。

找到这个工作不容易。老余今年50岁，早已过了惯常招工启事上的45岁上限。他是河北保定人，早年学瓦匠手艺，"砌墙不用线坠儿"；90年代和朋友一起去广东做皮革生意，从东莞到广州倒卖半成品皮子，靠这个养育了一对儿女。

本世纪初，南方的生意法则越来越多，没有本钱，就只能互相借债。"拿着白条，马上能取货，款到不了就只能留下条子。到年底，赚的还不如条子多。"老余两手拉着车边栏杆，身子前后晃，"本来债多了生意就难做，后来又开始抓环保。皮子对水污染太大，都给叫停了。我们那帮人就都回来了。债还在，但谁也说不清。"

回到老家，亲戚给他介绍了帮医院开车的活儿。说是医院，其实是专看男科妇科的黑诊所。周边哪里有乡镇赶集，就提前开着车出去，"叫上两个人，一男一女，大家一起往外面撒传单"。集市不固定，出活儿才有工资，老余觉得干不长。

又托朋友介绍，老余跟着北京一个老板安装热水器。来到北京，他和3个工友住在羊坊，有活儿就出去跑。老板接的都是"十几万的单子"，按理收入还算过得去，但一直没给按时结工钱。大家去找，老板就说钱都借出去了，或者说对方工程款赊欠，自己也在等账。

工钱要不回来，虽说都管吃管住，但钱没攒下来多少。2012年，老余爱人突发心脏病去世。孩子们都已经成家，待在家里也是无事。他出去打零工，开车、当保安，不是被骗就是被嫌年龄太大。几番折腾，老余不知道自己还能做什么。

2018年年末，老余接到一个老乡的电话："有个活儿是在北京坐公交车，你过来看看吗？"

四

2008年奥运会开幕，北京第一次启动公交防爆安检。8月，公交集团安排了6000余人在公交车和主要站台进行安检配合工作。2013 年 12 月，北京公交乘务管理员上线。到 2017 年，北京常规运营线路乘务管理员的总人数达 2 万余人。

老余成了这 2 万余人中的一员。

一到北京，他直接搭车去了位于城郊的公司。对方问了几句个人情况，就拿出了合同。老余小心翼翼地问："我年纪不小了，能来吗？"负责人摆摆手，让他明天来试车。

第一天坐车，老余就觉得"腿不是自己的了"。试坐的公交车一圈下来快三个小时，相当于自西向东横穿北京城。

下午，负责管理乘务管理员的"队长"问他："还试吗？"他咬咬牙，又来了两圈。下班沉重如堵，可一觉醒来，身体竟然还吃得消，就正式进了排班表。"等一个月过去，也就习惯了。"

很多人习惯不了。有的年轻小伙子，一天下来腿肿得走不了路，晚上睡觉要用被褥垫高双腿。有的人试工一次，受不了坐这么久的车，到站就晕车吐了。老余认为是之前开车的经历帮助了自己。

这工作看起来不难，硬规定只有三条：不能坐下，不能睡觉，不能玩手机。偶尔会有检查的人穿着便衣上车巡视，如果被抓到就得罚款。

前一段时间，有个小伙子被检查员发现在车上拿着手机睡着了。"哈哈哈，你说这厉不厉害，手机、睡觉、坐下，他这三样都占全了！"老余笑得拍大腿。最后，小伙子被罚了 2000 块，第二天就开除了，因为没做够合同期，还倒扣了 700 块违约金。

"也不是完全不能坐下，车上没有人的时候，可以坐。关键还是要跟司机混熟了，就都好说。"老余笃信人情。

可除了站着、跟车、喊"请勿携带易燃易爆危险品上车"外，乘务管理员的工作到底是什么呢？

2014 年，公安部和交通运输部联合下发的通知文件里，规定公交乘务管理员的工作职责是：跟车服务乘客，维护秩序，加强安全防范。

老余没看过这些文件，也没经历过职前培训。至于"安检"，老余不明白。"我们什么仪器都没有，光凭眼睛看怎么看危险物品？也没权力看人家的包，不让人上车啊你说是不是？"

即使这样，老余还是给这份工作找到了某种意义。

"我后来想，乘务管理员乘务管理员，其实不是保护乘客的，我是要保护司机，不要让人打扰他开车。帮他报报站，给老人让让座，反正就是把闲事儿都帮他干了。"他点点头肯定自己的答案，"司机就是车上最重要的人，我要保护好他，大家就都安全了。哦，对了，司机快睡着的时候还要在旁边敲玻璃把他叫醒。"

笃定、乐观、健康，有一点聪明的老余，可能是最适合这份工作的人。

五

公交车前后门各有两个摄像头，全车情况一览无余。乘务员不能在车上和乘客聊天，所以我俩只能在前几站没人的时候，车在休息的时候，坐在车后随便谈谈。

更多时间，我占据着1/9的座位，老余站着，我们各自沉默。

8点15分，老余站起来，在工作本上记下时间，车从始发站再次出发。第三圈开始了，天光大亮，乘客渐渐多了起来。有两口子送孩子去补习班，一路上哭哭闹闹；有妈妈抱着孩子去医院，一上车就托着孩子的小帽子；在各个大学附近，打扮精神的学生接二连三上车。上午，车里最多挤进了21个人。

没有下脚的地方，"请勿携带易燃易爆危险品上车"的声音也被人群挤得有些稀薄。我只能隔着人缝，看到老余的半边帽子被撞得有点歪了。

9点40分，第四圈。雪开始化了，街上的水很快被太阳蒸干。站牌下的人们呵着气，搓着手；路边有人跳起来打柳树上的积雪，雪块灌进脖子里；年轻女孩过马路，又急又小心，怕把鞋子沾湿。

有人下车，老余帮他拿东西，转头跟我说："你看外面那块雪景，可以拍个照片。"风一刮，屋顶和树上的雪落了下来。我忽然想到，老余到现在还没上过厕所。

第五圈在 12 点 40 分结束。我们各自下车,却见门口有两个大水桶。去食堂吃饭前,老余先把整辆车擦了一遍。

公交公司有专门的保洁员,路途长的车每次回来一圈,他们都要把全车擦洗一次。但保洁员 12 点下班,这一趟得老余亲自来,拖地、擦椅子,再拿玻璃刷子清理车身。

"他们赚得比我多,"老余似有不平,又有点想笑,"上午刷完车,他们还要去旁边的商场洗盘子。一个小时 14 块。"

六

吃完午饭,下午还是"二班",不过上午的司机已经去休息了。换了司机,换了车,只有老余没换。

2 点半,公交车场停车栏杆开启,这是今天的第六圈。6、7、8、9、10,我掰指头数了数,觉得胜利在望。

也许是起得太早已经很累,也许是没有午休,一直坐着不舒服,也许是车外太冷车内又很热,一出站,人就有点昏昏沉沉起来。

重复有种神奇的魔力,5 圈之后,窗外再没有特别的景色。从始发站到终点站,每一站公交牌都有个公益广告:"增强法治政府建设,激发城市创新活力""天下兴亡、匹夫有责""法治是最好的营商环境""建设法治政府、服务村居百姓""坚持一国两制,推进祖国统一"……我一字一句默念红色标语上的字，直到它们在脑中成为碎片。

车上人不多。我望向老余，他坐在靠司机一侧的前排座位上，只是定定地看着远处。被挤歪的帽子已经扶正，帽檐却耷在一边，让人看不到眉眼和表情。

声音还在。"请勿携带易燃易爆危险品上车……"从终点站折返，接近下午4点，人又一次多起来。

中间上来两个穿粉色羽绒服的姑娘，埋头逛购物网站，讨论着口红、卷发棒和润唇膏。没座儿了，两个山东口音的工友干脆坐在台阶上，抱着包笑起来，不时转过头望向身后的同伴，露出粉色的牙床。两个程序员模样的人聊着自己见过的可笑bug，整车都吵作一团。

"这个车好小啊！"

我在心里默念：遵德守礼，做人做事讲诚信……

"你看吧，这个舞就是没有点儿。"

……军民团结如一人，试看天下谁能敌……

"我觉得你头发挺好的，可能就是要稍微卷一下发梢。"

……中华民族一家亲，同心共筑中国梦……

"老板最后根本没有把他的名字加进项目里！"

……和谐天地人，中华大吉祥……

后座上的人来了又走，声音越来越大，几乎没办法判断方向，我闭上眼又睁开，心里乱成了沙沙的一片。反复定神，不断调整座位，深呼吸，仰头，奔跑，跑过红色、绿色的灯、大桥、标语、外面移动的每一个人，白色雪地。

我睡着了。再睁眼，天已经黑了。我们终于回到始发站。7点整，第八圈刚结束。

司机下车抽烟，车里的灯都关上了。我站起来伸一下腰，望向老余："余师傅，这下午可真难熬啊。"

"对啊……"他的声音变低了。

我问："您坐车的时候，会胡思乱想吗？"

"会啊。"

"想什么呢？"

"什么都想，天上地下的，想这一辈子，来来回回。"

想路上的风景。有丛假枫树，上午盖满了雪，返程时老余看到了，问我："香山的枫叶是这样的吗？"我没去过香山，不敢说。他转身往车头去，自言自语："我们在羊坊装热水器的时候，开车路过香山，远看差不多。"

想小时候的事儿。"小学三年级的时候有个老师教过唱歌，我很喜欢。"老余在朋友圈里发了很多唱吧的录音。我夸他声音洪亮，他就笑："都是瞎唱。"

想朋友圈里的新闻。"我们县有个科长，贪了33万给人抓住了。33万其实不多，是吧？"

想东北、广州、广西。"我们去黑龙江给一个卷烟厂装热水器，结果款一直回不来。不过我后来也想，那地方那么冷，装了估计也很快就冻坏了，一停电，不上热水就全完蛋！""我在广州的朋友现在还有做别的生意的，不过我是不做了，怕了。""有人叫我去北海做海鲜生意，结果去了才发现是传销。我说你们快别说了，我不上这个当！哎，直接就回来了，就是搭进去了机票钱。"

更想保定。"保定驴肉火烧其实有两种，有圆的也有长的，长的那个是河间的，比较出名。一斤酱驴肉要60块钱，比猪肉还贵。""家里分地，结果弟弟媳妇给我打电话说我七八年前还欠他家一车砖，唉，亲兄弟，气得我血压都高了啊！"

七

一直坐公交车会让人发疯，我终归还是看轻了这个奇怪的循环。不能坐下，不能睡觉，不能看手机，不能和乘客搭话，我遽然惊觉，这个看似只需要人站着、说话、报站的工作，其实是一种特殊的感觉剥夺实验。用一辆车、一条线，切断了时间和空间。

第八圈，在密闭的公交车上，看重复的风景，我已经烦躁不安。每天10圈，一共17小时，老余已经完成了一年零8天。

战胜无意义或被无意义战胜，或许才是这个"工作"中比"腿麻腿肿"更痛苦但又绝难言说的部分。我同情老余，但谁又能说自己的工作就一定比老余的更愉快更富成效？

思考让人痛苦。7点10分，第九圈开始。我开始听音乐、玩手机、刷微博、看闲书，决心隔绝所有可能的思考。天开始降温，过了终点站，车几乎是在空驶，老余终于可以坐下来。他告诉我，这位司机不喜欢乘务管理员和乘客聊天，我们换成发微信。

最后一圈，原本8点40分开，因为周六，改到了9点。这让老余很丧气。他本来答应了同屋的同事，要一起喝酒吃涮肉，以为可以早点回去。为此，他连食堂的晚饭也没吃。

在黑漆漆的车厢里等了半个小时，9点出发，车里只有我们三个人。化雪比下雪冷，风顺着门缝进来，车里气压有点低。熬过了最难熬的前几圈，我重新恢复了活力，感觉窗外的每件事又一次变成新鲜。站台几乎没有人，司机迅猛地开向前方，老余则给同事发微信，要他们给留菜留酒。

语音信息发出"嗖"的一声，好像转眼就传到了终点站。

我在微信里向老余道谢，客气了两句后，随口跟他说：您或许可以稍微请个假，离开这条线，在北京逛一逛？

老余回道：是，只要脱掉工服，去哪里都好。

文／魏倩

一个人在游乐场

走进游乐场,仿佛进入一片尖叫池,每个人都有想要释放的东西。

一

北京欢乐谷位于东四环四方桥东南角,在2006年刚刚开放时,单日就有2万多游客来这里寻找快乐。和其他甜蜜、梦幻的游乐场相比,这里开设的刺激性项目多到炫目,售出的成人票远超儿童票。

在居家办公近半年、收到部门集体降薪30%的通知之后,34岁的李俐军临时起意,群发消息给同事:明天一起去欢乐谷吧!他非常有信心,一定会有人接受邀约。他草率地买了票,可等到凌晨也没有人答应,包括那个与他交好的同事。

无论如何，出门找点乐子、发泄一下的需求太迫切了。于是这个周末的午后，34℃高温、没有同伴，都没有阻挡李俐军的决心。他睡到下午起床，慢悠悠步行20分钟，再坐一个小时地铁来到欢乐谷。

　　可以在任意的时间出门是独行的好处。坏处是他花了很长时间停留在游园指南处，两个半小时过去，旁观成为他的主要行程。

　　"喊出来！""发泄吧！"在游乐场，几乎每个高刺激系数项目的工作人员都会使用这样的话术。疫情期间，游客们自觉间隔一米，头顶有用来降温的喷雾器，但汗水还是沿着人们耳旁的口罩棉线淌下来。

　　李俐军胆量不大，逛遍园区，唯一让他动念的项目是碰碰车。这是疫情期间唯一开启的室内游乐项目，跟其他区域不断迭起的惊呼声相比，这里有些过于"岁月静好"了。

　　所有人都尽可能地避免撞车，在狭隘空间里谨慎地交错。偶尔车与车沉默相撞，司机便眼神尴尬地转起方向盘，逃一样地往别的方向开去。细看，碰碰车的司机，都是跟李俐军年纪相仿的人。

　　碰碰车不应该是互相撞来撞去才好玩吗？李俐军表示诧异。人到而立之年，连发泄都变得拘谨。他想起上学的时候，同学聚会玩碰碰车，经常是七八个同学商量好，群起攻击一辆陌生人的碰碰车，热热闹闹地撞上几回合，很多外校的朋友就这么认识了。最好会有人真的被撞到发火，这会让大伙更尽兴。

碰碰车场地四周围着铁栏杆，被口罩、遮阳帽裹得严实的游客倚在上面。他们没有交谈，一动不动，认认真真围观这场默剧。

李俐军看了会儿，也进去玩了一把。他不懂开车，不觉间把车子卡在一个角落。进退失据，动弹不得，有时候人生就是这样，想到这儿，李俐军心里不舒坦了，开始后悔进来玩碰碰车。方向盘左打右打，最终车子也没开出去，他愤愤然，渴望车里能有一个按钮，按下去就发出声音：你大爷！

他没再玩别的项目，坐在门口的长椅上，直到6点钟闭园才离开。

二

程昏第一次来欢乐谷就办了年卡，他希望在这里找到那种彻彻底底的快乐。

头一回坐过山车，程昏全程没敢睁眼，双手死死抓住位子上牢固不动的地方。他仔细检查过，凡是能活动的地方——例如绑在身前的锁扣，决不能碰，他怕晃动太激烈，会把锁扣拽开。车子速度要加快时，他果断闭上了眼睛。

一圈下来，同行友人问程昏感觉如何。他说闭着眼睛，还行。友人鄙夷他，闭着眼有啥意思？随即拉着他重新排队，又坐了一次。

这一次，程昏逼自己睁开眼，感受车子快速上行，俯冲，翻转。地面越来越远，世界跌成两半。飘在半空观察逐渐下落的人和人间，他感到前所未有的刺激。但回到原地，他立马后怕，手心直冒汗。

想通过刺激性项目获得快乐太难了。每次出来玩，程昏总是无法尽兴，无时无刻不在想：在北京这样的生活能过几年呢？

今年是程昏北漂的第九年，他是程序员，忙时连续两个月加班到凌晨，家里囤着几十盒即食拉面。在北京的 9 年，程昏以每年一次的频率更换住处。最近一次合租，他遇到邋遢的室友，脏碗筷搁在水池一周多不洗，放酱油的碟子析出了盐粒，这让他决心买个自己的房子。

没房子，结婚也是问题。首付程昏存够了，发愁的是每月 1 万多的房贷，他不确定自己能否保证每月 2 万多的稳定收入。

程昏逐渐觉得，北京是一个把青春耗光的地方。再过两个月，他将迎来 32 岁的生日。但他早就把自己划入中年人的队伍，今年过年，他开始有了给家里小辈压岁钱的意识。

直到欢乐谷的年卡过期，程昏也就来过四次。来了，也只是看一场园内的主题演艺。他有意减少纯粹消磨时光的活动，因为买房和结婚的压力，他不得不开始考虑时间成本。想获得快乐的体验是有条件的，甚至是有代价的。只有当时间用来工作，赚取价值，他才会停止自我质问。

31岁的许哲则通过坐过山车来学会忍受。他连续三年购买年卡，每次来只坐过山车。身体荡在半空的感觉让他恐惧、恶心，他自始至终都不喜欢，但月月来坐。

他爱坐喜马拉雅音乐过山车，最陡的坡度有12层楼高，全程66秒，是游乐场耗时最长的过山车。俯冲第一个陡坡最痛苦，但第二个就没那么难受了，甚至可以勉强睁开眼睛。

耳边始终有音乐，配合着过山车的走势起承转合，抵达终点时，旋律变得激昂，恭喜玩家们闯关成功。许哲很享受这一刻，有种战胜恐惧的满足感。第一次坐完，他重新排队，去坐第二次。他想让自己不断体会"忍受"的感觉，相信这样可以让自己有能力面对生活中的其他痛苦。

许哲自认是个不太能忍的人，忍不了女友略作的性格，交往2年分手6次。去年夏天，已经订婚的两人彻底断了关系。想想，分手的缘由都是无伤大雅的琐事，如果当时他肯低头，现在已经和女友结婚，也就不用为了逃避催婚而故意不接母亲的电话。

在公司，许哲是商务总监，几乎没有休息日，两部手机24小时不关机，熬夜熬得神经衰弱。好长一段时间，他睡觉不枕枕头，夜里头痛，他需要把整个头硌在硬硬的床头柜上，才能安睡。有一次他带一个姑娘回家，睡觉时习惯性地把头放到床头柜，姑娘觉得他有点怪，后来再也约不出来了。

去神经科检查，医生说，许哲的神经系统没有问题，是紧张性头痛，一种心理因素导致的应激反应。

现在，许哲将睡在枕头上视作一天最后的小挑战。躺在床上，他想象自己在忍受一趟超长的过山车，睡着就算赢了。

三

欢乐谷里没有任何游乐项目能让赵寇开心。土气又浮夸的主题布景，演艺花车上演员们敷衍的表演，老式三缸饮料机里塑料口味的橘子汁……视线可及处，都是他讨厌的东西。

要不是为了陪一个女孩，赵寇不会来这儿。女孩小他14岁，觉得两个人在一起，就是要做一些平时他自己不会做的事。小学毕业后，赵寇再也没去过游乐场，那时候北京还没有什么像样的大型游乐场，欢乐谷在他30岁那年才营业。

女孩拉着赵寇玩激流勇进。坐在第一排，塑料雨衣仅能起到心理安慰的作用。飞溅的水浪，瞬间把赵寇的长裤浇透了。转头女孩主动亲了过来，赵寇心底泛起一种复杂的幸福，问："坐后面的人，不会以为咱俩是一家的两辈人吧？"

私下和女孩独处时，赵寇很少感到自己与青春的距离。他跟女孩的审美相似，有共同的兴趣，岁月在畅快的沟通中被抹平了。但一起出去玩的时候，女孩旺盛的精力，对周遭事物的好奇和热情，都会在某些时刻戏剧性地提醒他，那些被他们刻意忽略的事实。坐过山车，女孩始终睁大眼睛，还会用挑逗似的目光观察他的反应，但他必须闭眼，才能撑过一圈。

40岁之后，赵寇不再把成功当作人生志向。这半年他开始练习冥想，期望开悟，等到晚年时成为充满志趣和智慧的老者。坐过山车的时候，为了克服恐惧，他试着闭眼冥想，让思维飘到另一个地方。

冥想很奏效，在车子滑向陡坡时，他顺利"入定"，开始享受耳旁的风。坐到第二圈，他有点能享受坐过山车了。女孩让他试着信任这台机器。他想，要信任命运。

一天下来，唯一让赵寇开心的事，是开游园代步车。他早就考了驾照，因为没摇到号，一直没有买车。在驾校练车的记忆很痛苦，但这会儿他终于感受到开车的乐趣。虽然车速慢得跟步行差不多，但掌控感是强烈的。更重要的是，如果没租代步车，仅靠双腿游园，到晚上，他的膝盖就要废了。

这天他开着游园代步车，去了很多不被游客注意的地方。远离喧闹处，有一片铁栏围起来的空地，堆满了被淘汰掉的过时游乐设施。前车窗脱落的掉漆汽车、脏兮兮的演出服装、旧灯牌，它们和一堆旧油桶靠在一起，像一个老废物乐园。

四

大学时，林明通过"1元优惠"的活动，花一块钱走进欢乐谷，之后就上瘾了。

他三十岁出头，工作是事业单位的技术管理岗。在单位，他不善攀附，也不是那种积极求索、有野心的人，所以多年没有升职。不过他不在乎这个，他名下有两套房，靠收租就够支撑日常花销。

对于相亲，林明也是这个态度，从2016年到现在，他相亲不下50次，一次也没有谈成。究竟是哪个环节出了问题，他没有仔细思考过，只是久而久之放弃了成家的念头，觉得一个人过也不错。家里人安排相亲，他不拒绝，就当是去改善伙食，让亲戚们看个热闹。

也是从2016年，林明开始一个人去游乐场。身边的朋友陆续成家，很少出来玩。有段时间，他努力结交年纪小又爱玩的朋友。他做了很多功课，追新番，看女团综艺，希望和年轻的朋友有更多共同语言。他还在豆瓣小组发帖找玩伴，但回复者寥寥。

有次他碰见另一个自己来玩的男生，两个人排队的时候搭上话，一起玩了一下午，告别时互换了联系方式。但那天之后，他俩谁也没有主动约对方来游乐场。又过一年，林明发现男生开始做微商，默默删除了他。

　　林明觉得这是不可逆的趋势，他必须习惯一个人去游乐场。同龄人中很多人都当了父母，但他还把自己当小孩，追求纯粹体验性的快乐。后来他发现了自己的优势，游乐场很多项目设有单人通道，不用排长队，也不用跟人交流，想玩什么就玩什么。

　　但最近，他突然也没了去游乐场的兴致。

　　前些天他去游乐场，碰见了高中时代的前女友，以及她的丈夫。她的小孩四岁半，正在旁边的喷泉里和别的小朋友玩水。一个小男孩，把矿泉水瓶放在喷泉泉眼上，水喷起来的时候，瓶子被水花托得高高的，小男孩在旁边蹦蹦跳跳，为自己的聪明鼓掌。

　　林明站在喷泉旁看了好久。小孩子不需要玩什么项目就很快乐，而自己已经无法参与这场游戏。

文／刘妍

去雍和宫烧香的年轻人

许愿这件事，从来不缺虔诚的信仰，缺的是相信自己的理由。

一

30岁的苏菲是一个虔诚的信徒。最近，她去了趟雍和宫，想和菩萨聊聊。

"菩萨，前不久我做了一场小手术，有点累，如今来看您都觉得力不从心了。"

公司一年一度的体检，苏菲意外查出肠息肉，不放心体检机构的结果，她随即去了医院。从体检室出来的那个上午，医生边填单子边通知她："正好空出来一个床位，你回去收拾收拾，下午过来住院，准备手术。"

"手术吗？"苏菲顿了一下，非常为难。

"我给领导打电话请个假，最近特别忙，她要是不同意，我也不能马上做手术。"

医生飞快写字的手顿了一下，拿眼瞟着她："你开什么玩笑？命重要还是工作重要？知道有床位多难吗，拎不清的话就不用费钱来检查了，回去工作就行。"

职场上讲话，舌头绕了九十九个弯都难有重点，隐喻只能靠经验去猜。医生讲话不一样，字字如手下的针，扎下去便是血。苏菲意识到问题的严重性，开始安排住院事宜。

首先，就是给领导打电话请假。最近赶上投广告，苏菲手里捏了公司一大笔钱，要和第三方公司洽谈，确定广告形式、位置、金额，要对广告效果负责。她已经连续一个月加班到凌晨 3 点，这么紧要的关头，碰上一堆肠息肉，苏菲只觉得天昏地暗。

请假让领导不大高兴，得知是做手术也没法，赔钱和赔命毕竟是两回事儿。电话里头，领导客气地说："什么时候手术啊，我抽空过去看看你。"

苏菲赶忙拒绝："不用了不用了，就是一个很小的手术，死不了，我一定不会耽误工作的。"

领导笑了："不好意思，你也知道我很忙，这样吧，我让小高过去陪着你，等忙完了这阵儿我再去看你，你注意身体。"

苏菲再不能拒绝，只能好声应承，挂了电话长嘘一口气。这年头不仅工作不好混，做手术也不自由了。

　　她回家收拾行李，挑了最大的盆，装入洗漱用品，拿最大的包，装贴身衣服。化妆品和高跟鞋不用带了，难得轻松。下了楼，苏菲去隔壁快餐店吃了午餐。手术后很多日子只怕是没法正常进食了，吃沙拉一年多的苏菲决定放纵一下，尝尝肉和碳水的滋味。

　　医生让苏菲通知家属，想来想去，苏菲没有给任何人打电话。这时候告诉远在东北的老父亲是添堵，近在北京的朋友都有事，过来看望还得招待费神，更不用说同事。苏菲不愿意麻烦任何人，一个人做场手术，没什么大不了，她觉得自己能搞定。

　　医生告诉苏菲，这年纪长息肉通常是良性，但不能忽视，长久下去吸收营养，长大了堵住肠道有癌变的可能。得这个病，遗传是一个因素，熬夜和滥用身体是更重要的因素。在放射科门口，苏菲排着队，看到一些重症患者，化疗已经使他们头发脱尽、形容枯槁。这些人双眼空洞无神，丝毫没有生的希望。苏菲突然打了个冷战。

　　这是一个非常尴尬的手术，麻药打在肛门上，植物神经不能被麻痹，手术刀从肛门伸进肠道，苏菲清楚地感觉肉一块块被剪开、被切除，肠子里像密密麻麻的针扎。她受不了，嚷嚷要增加麻醉剂量，医生不肯，拿出喷枪似的东西解释："大块切除了，周围还有很多小的，这个伸进去灼烧一下，免除后患。"

喷枪在直肠里喷出火，烧灼着。苏菲突然想起东北的烤串，现在的她和肉串没多大区别，就差最后一点调料。她在手术室里哭喊着疼，一阵阵流眼泪。

苏菲在医院住了半个月，她原打算一个星期就回去上班，从手术室推出来那一刻，突然改了主意。以前她觉得，人定胜天，一切熬夜、拼命都是应该的，只要公司能获得价值，员工也会跟着获得相应的价值。从毕业到现在，过了这些年，除了徒长的鱼尾纹和一身病痛，苏菲找不到自己剩余的价值在哪儿。

她今年30岁了，在公司干得不怎么样，做手术请假还要看领导眼色。她也没有对象，4年没谈过恋爱。她一个人解决了单身女性生活的许多难题，一个人换电灯泡，一个人看电影，一个人吃海底捞，一个人去西藏，一个人做手术，她已经不需要男人了。很长一段时间里，她怀疑自己是不是用不着恋爱、结婚了。

这些秘密，只有雍和宫的菩萨知道。

2014年，苏菲来到北京，第一件事就是去雍和宫。她举着香火在大殿外许下一个具体的愿望：我要升职，我要加薪，我要买房，我要在北京出人头地。

那时的雍和宫和现在不同，殿外两边没有被墙封住，开满窗户，小摊贩在那里卖香火、信物，还有矿泉水和冰激凌。前来拜佛的大多是游客，或者中老年人，大家求子求财求姻缘，差不了多少。

如今，雍和宫香火不绝，殿外的年轻面孔越来越多。这些和苏菲差不多的北漂，一个个跪得比老人家还虔诚。作为雍和宫的常客，她甚至能通过年轻人的眼神，猜出他们许下的愿。

2017年后，苏菲不再向菩萨许任何愿望，她一年还是来上几次香，和菩萨说说话。她喜欢这里静谧肃穆的感觉，穿过殿外那排银杏树，出租屋和职场上那些乌七八糟的事被自动隔绝了。几百年过去，殿外翘起的檐角还是这样。这里曾住着雍亲王，后来的雍正皇帝，他上位成功的故事一直被人津津乐道。

这就是北京，到处都是让人敬仰的福地，苏菲想。她不禁想起东北老家，黑龙江大庆，那座曾经因为石油受到全国人民的关注。后来石油没了，城市从此萧条。苏菲对东北老家又恨又爱。她赚钱后去外边的世界，买名牌包包，吃高档寿司，可闻到白菜猪肉粉条味儿，还是忍不住流口水，从骨子里想念。

苏菲还是东北人，不属于北京。可生如候鸟之漂泊，死已经不能如候鸟返乡。她这代年轻人，接受的教育就是狠命往外走，能走多远走多远。他们早已经没有故乡。

"我能去哪儿呢？哪儿都回不去了。"

苏菲对菩萨说。

二

和苏菲一样，老李漂到北京，也成为雍和宫的香客。他一进大殿，看见绿度母像分外亲切，像回到了云南。老李仔细将赠香处的香数了一遍，一共 36 支，每座殿 3 支，徘徊一圈，刚好 12 座殿。地图上没有标明殿的数量，却分配得刚刚好，设置之巧妙，只有真正懂佛礼佛的人才能发现其中奥妙。

老李今年 36 岁，是北漂大军中的一员。和年轻就来这座城市的北漂不同，他的"漂龄"只有一年。然而，仅仅这一年，他已经感受过北漂生活的全部：面试过几十家企业，失业过；夜里喝醉过很多次，吐过，但从来没有尽兴；受过老板的奚落、客户的嘲讽；最近，还有妻子的冷落。

"北漂"两个字，已经烙印在他脸上。

很多年前，老李在大理鸡足山算过卦，卦象显示，他这一生都不会太平静，注定大起大落。那时老李不信这些，唯独老母亲迷信得过分。后来结了婚，和妻子创业。2013 年生意不好，老李被妻子拉着一起去拜佛，刚从庙里出来，他接到前线电话，一下来了个 200 万的大单，当即解了燃眉之急。

此后，只要潜心礼佛，老李总能收到惊喜。

云南是好地方，风光旖旎，民众信仰纯粹。光大理就遍布寺庙佛堂。从丽江向西往深了去，香格里拉、梅里雪山都是藏传佛教所影响的地方。老李是地道的丽江纳西族人，做旅游，最好的时候身家千万，手里头还握着三家客栈。自从那次拜佛解了燃眉之急，他每年都要去当地寺庙拜一拜佛，祈求佛祖保佑，财源广进，老母亲身体健康。

2010年的一天，丽江大街小巷突然挂满蓝色灯笼，夜晚灯一开，影子映得到处是某旅游平台的logo。老李像往常一样，和手里高端酒店的客户签约，客户告诉他，他们已经和挂蓝色灯笼那位签了。人家价格更低，平台更大。互联网时代来了，大家的玩法不一样了。

老李决定拥抱互联网，妻子不同意，两人都是要强的人，决定各干各的。离婚，分家，千万的身家、客栈、豪车都留给前妻，老李毫不犹豫。

"那时候心高气傲，觉得我过去能挣一千万，未来也能挣一千万，这不算什么难事。男人嘛，该有点心胸。"老李说。

他继续在丽江创业，做旅游，和某线上约车平台合作，需要先垫付车款。

事业开始第二春，老李的人生也是。2013年，他遇到第二任妻子，一个北京女人。谈恋爱的时候，老李带她去鸡足山拜佛，在大师那里抽了三个签，签里预言他们将来会结婚、生子。后来都实现了。北京女人给老李生了个白白胖胖的女儿。佛祖又一次预言了老李的人生。

丽江的旅游业越来越好，老李却明显感觉生意不如从前好做了。他合作的用车平台被收购，导致资金链断裂，无法给司机和商户付款，老李负债了。

负债那天，老李给北京的丈母娘打了个电话，告知消息，顺便问了问女儿的情况。丈母娘回答得不耐烦，态度明显较从前变了。

老李常年在丽江，老婆在北京，生了孩子后上户口没随老李的纳西族身份。政策规定，纳西族高考并不享受少数民族加分，北京户口明显更好。女儿在北京长大，老李在丽江陪着老母亲。2018年，女儿要上幼儿园了，老李对丽江心灰意冷，决定去北京。

人近中年成了北漂，是老李没有想到的事。

北京不比丽江，在这里，老李再不能轻易把创业和一千万挂在嘴上。在老婆的房子里闷了两个月，他开始老老实实去找工作，照着老本行，一天投七八次简历，一个月面试企业十几家，均以失败告终。他的行业经验，在这里派不上用场。

一个36岁的男人，对北京市场不熟，又缺乏当地资源，精力还要分给家庭，就算是最简单的实习生的活儿，公司也不愿给他干。

5个月后，老李侥幸找着一份工作，做酒店软加盟，开发北京酒店市场。客人通过网站预订酒店，公司按比例抽成，收取酒店的佣金。他开老婆的车跑业务，干了几个月，成了两单，一单是领导给的，一单在顺义，跑了十几次才签下来。老李很快发现，北京的酒店市场和别处不一样，这里作为全国的政治文化中心，几乎没有淡旺季之分，入住率很高，对线上平台依赖非常小。

老李看到的，公司总部也看到了，没过几个月，公司就把北京站撤了。老李等一干人被裁，连赔偿也没有。他又失业了。

"我就想找人喝点酒，太郁闷了，人近中年事业没起色，还漂在北京吃起了软饭。"老李闷下一杯二锅头，和朋友说。

北京不比丽江，不是一个关乎诗与远方的城市，丽江可以拎着酒瓶，想在哪儿喝，就在哪儿喝。这里清醒的人永远比醉倒的多，时时刻刻为生存警惕着。老李缺朋友，缺酒友，老婆也不太搭理他。

"你觉得世界上有单纯的男女友谊吗？"老李问。

"没有。"

"有的，你还是太年轻，我和我老婆就是。男人女人结婚后，日子一久，激情没了，他们就变成最简单的朋友，就成了男人和女人之间最单纯的友谊。"

老李的谬论似乎有点道理，朋友点头。

"有段时间，我怀疑她在外头有人了。"

"你怎么辨别的？"朋友问。

"男人和女人相爱的时候，女人身上的味道是不一样的，每个男人都能感觉到。我明显感觉她的味道变了，也不愿意让我碰。"

没有夫妻生活让老李非常郁闷。

"人总是要排遣的，要么倾诉，女人更愿意做这个，男人不会。男人喜欢去做爱，找个人疯狂做爱，做到大汗淋漓，毛孔都放很大的那种，酣畅。"

"那你去做了吗？"

"没有，我是个老实人。"

老实人老李选择拜佛，去雍和宫。10块钱一小时的停车费用叫他有些肉疼，他后悔出门时没选择坐地铁。过了安检进入大门，正对着大殿的小道两边种满银杏树，遮天蔽日，看起来有些年头了。这些树命不如佛祖长，却是比他要久了，老李想。

老李是虔诚的香客，带着人世间所有欲望寄予佛祖。上半生求财，求保财，求出人头地。人近中年，求世界和平，经济平稳，公司不倒闭，求女儿健康成长，母亲长命百岁，求自己获得肉体与灵魂的平静。

"你最后得到平静了吗？"朋友问。

老李思考良久，喝完最后的二锅头。

"没有，"老李说，"佛没有带来启示，带来了乡愁。"

三

到雍和宫烧香的年轻人，只有一小部分是虔诚信徒，大多数是为在这座巨型城市，寻找一个得以喘息的避难所。

北漂生活不易，在职场或生活中遇到解决不了的问题，只得自己消化。咽不下去，消化不了，就需要这样一个地方。二环边的雍和宫，这个北京香火最旺、传闻中祈愿最灵验的寺庙，就成了暂歇之地。不言不语的神佛雕塑，正好是倾吐的对象。

2018年年底，小林要去北京，奶奶到庙里求了签。庙里和尚说签不大好，不过有个破解办法：清早到市场买三条鱼，沐浴焚香后，在河里放生。

起床后，小林看见三条大草鱼正新鲜，让爷爷拎刀宰鱼。一边宰一边讨论红烧还是清蒸，三两下刮了鳞、除了内脏，最后决定抹点盐做剁椒鱼头。

奶奶望见滴着血的鱼身，哭喊着造孽。小林安慰她："没事，我不信命。"

24岁的小林怀揣了一份媒体理想，却被心仪的公司拒绝了。这其中原因复杂，小林年纪太轻，肩膀太嫩，性别不合适。加上调查记者在当下几乎要绝种了，小林只恨自己生错了时代。

被拒绝后，小林索性拒绝了剩下所有媒体的offer，转行去一家互联网公司做公关。企业大方，给钱多，工作还算勉强，只是每天早晚打卡，坐班辛苦。她自由散漫惯了，为了北京的五斗米，不得不折腰。

回头一看，小林发现，老记者们都是这么过来的。

二十多岁转型，三十多岁转型，小林的前辈里，也有四十多岁跳去企业打卡上班的中年人。一辈子靠写字、拍照片，收车马费红包，躺着把钱赚了不现实，还不如趁早转行。

有人夸小林明智。

小林常听同事抱怨工作太多，可除了公司某些大项目特别忙的时候，大多时候时间都是够用的，只要集中精力在某一时间段做完，下班可以准点走。每天晚上七点，小林不紧不慢地收拾东西，也不管其他人坐着站着。挤地铁排队都需要时间，再晚点回家，小林觉得一天就没有了喘息的空。

准点下班一星期后，有一天，小林收到同事一起喝咖啡的邀请。

"下次下班走之前，你先看看办公室里头那位还在不在，她没走，你也别走。"

"为什么呢？活儿都干完了还不走？"小林问。

"你的上一任就是因为每天下班走太早了被辞退的。"

一盆冷水浇下来，小林开始了被动加班的日子。即便没有任何工作，只要"里头那位"没走，到凌晨也得坐着。工作群里，"里头那位"从人事那里调来每个人的加班时长图，同事们坐在电脑前，僵硬着肩膀不敢议论。小林终于明白，这就是传说中的"996"，工作干得好不好，不比谁更努力，不比效益结果，比谁坐得更晚，谁更能熬。

小林又收到了同事喝咖啡的邀请。

"你的上一任写周报的时候常常痛哭，没东西可写。你瞎编也得使劲编，乱七八糟的东西都加上去，凑字也要凑满。没事干的时候，也不要和别人说没事，开玩笑也不行，你看谁不是在抱怨自己忙。"

小林卸载了电脑上多余的软件，每天打开一个电子表格或者 word 文件，有时候是真在写，大多数时间用来做摆设。就像小时候老师检查家庭作业一样，领导刚上完厕所，"不经意"地经过电脑屏幕，空着或者是微信聊天，她可能就惨了。

格子间里有许多道行。尽管已经工作几年，小林仍然像新人一样学习着。她开始明白一些问题。所谓工作，不是努力用劳动换取金钱，是老板用人民币买员工的青春。这并不公平公正，却也没辙。小林缺钱，唯独还年轻，二十出头的年纪剩了一堆亟待耗尽的青春。

混了几个月，小林终于迎来了一段忙碌的日子，部门干了一个月的大项目，不眠不休。小林表现出色，领导还算满意，但项目整体效果不好，领导并不开心。等终于有空了，小林和同事再次约着喝咖啡。

"总裁对项目很不满意，钱花了没效果，没转化，领导们被批评了，在会上铁青着脸让咱们部门的人去雍和宫烧香。"

"为什么要烧香？"小林问。

"如果我们努力了还干不好，那就是运气问题了。这是老板在讽刺，但也有运气在，你说那几天北京怎么就偏偏刮那么大一场风？还不是运气不好，要烧香拜拜。越往上去的人越相信这些，你看那些讲风水的香港企业家就知道了。"

"为什么是雍和宫呢？"小林问。

"北京运气不好的人都去雍和宫了，这是不成文的默契。像你我这样的北漂、考研的学生、失业的中年人，都盼着佛祖指点迷津。"

又混了一个月，试用期到了，小林收到公司人事转正答辩的通知，从数据和各项指标看，只要不出岔子，应该是稳过。这趟北漂比小林想象的轻松，除了房租贵了点，超市苹果贵了点，打车起步价贵了点，外卖配送费贵了点，一切还能勉强过得去。

临转正的日子，小林刚好出差，每天晚上回酒店打开电脑写述职PPT。图片嵌文字，变着花样夸自己，小林觉得难为情。喝咖啡的同事给小林发信息：你睡了吗，我现在有个事儿给你打电话。

小林回复：正好，你教教我怎么写PPT。

电话响起，喝咖啡的同事有些着急。

"你听我说，不要太激动，我也是才知道这个消息。"

"嗯，你说。"

"老板们觉得咱们这边整个业务线都做得不好，在烧钱，现在大市场环境差，企业都在保命。董事会决定把整个业务线都裁了，负责咱们的副总裁已经提了离职。"

小林有些蒙，一时间不知道说什么："那我的转正呢？我正在写述职 PPT。"

"应该是没有转正了，正式员工照着 N+1 赔偿，试用期不知道有没有，你去看看《劳动法》。"

小林合上电脑，合上双眼，叹了口气。她以为努力工作，把该做的事做完、做好就能有成果，但是似乎不是这么一回事。

"你有个心理准备，明天领导会找你谈话，接着人力也会找你。"

新业务线上大几百号员工都被裁了，小林身在其中。尽管这几百号人小林也没认识几个，但周一进公司这天，小林已经感受到了整个办公室凋零沉闷的气氛，写 PPT 的人不再继续写了，打电话谈业务的人在刷抖音。喝咖啡的同事发来微信："《劳动法》上试用期裁员也有赔偿，只有半个月，但勉强也能让你找工作撑些天。赶紧重新写简历吧。"

"你呢，你操心我，你怎么办？"小林问。

"我在北京混了这么多年，被裁也不是第一次了。不过这回有点累，30 岁了还租着房子漂，我想换个地方。"

被通知裁员后，小林过了一段清闲的日子。每天准点上下班，没有"里头那位"，电脑屏幕每天放着各种电影和歌，配奶茶和零食。她邻桌的同事已经请假去面试了，办公室里冷清清。

小林和同事决定抓紧喝最后的咖啡。

"怎么突然就这样了？"小林叹气。

"在北京很正常，有赔偿已经很不错了。仲裁法院门口，一堆耗尽青春秃了顶的年轻人被坑了，在打官司。"同事说。

"还是运气不好，他们应该去雍和宫烧香。"

"你也可以去，去体会北漂烧香的仪式感。"

"可我不信佛，我没有信仰。"

"佛祖不在意你信不信。"

在写字楼和五环外的家习惯了，小林往城里来得少。北京永远是热闹的，雍和宫也是。小林戴着墨镜口罩，旁人看不清她的脸。访客们踏破门槛，顶着太阳排队过安检。这里游客挤着游客，信徒挤着信徒，欲望挤着欲望，成功挤着成功。

小林手里攥着刚买的门票，25元一张，进门发现也就那么回事。

她突然想起来北京前，庙里和尚让她放生的三条鱼，那时候她让爷爷宰了，不管不顾做剁椒鱼头。没想到，后来她很快失业，真是人生无常。

*根据当事人意愿，文中部分人名为化名

文／舒月

在深夜的小吃摊疗伤

吃是获得快乐性价比最高的方式，深夜的小吃摊则是通往这种方式的最佳渠道。

一

北漂的第三年，我日益觉得自己正过着一种"悬浮"的生活。

在京两年，工作团队重组三次，搬了六次家。起初还和室友、同事联络感情，后来发现不管多要好，一旦迈入新的环境，最先抛却的是以前的生活。因异地感情淡漠和前任分手后，我对感情越发不信任，将全部身心放在工作上。

时间被工作、通勤挤压到所剩无几，朋友们分散在朝阳、海淀、丰台，每个人都被 KPI 捆绑，见一面变得非常困难。我们清醒地意识到自己一方面很可能是这座大都市的过客，另一方面和故乡的人情社会脱节。城市留不住，家乡回不去，就先拿健康和时间兑换一点点财富。

好几位朋友两年换了三份工作，在每一家公司都主动996，周末努力健身、上课，而这种努力和不断地变动究竟能带来什么，一切都是未知。这座城市永远不缺更年轻的进击者，如学者项飙所说：我们像蜂鸟一般拼命振翅，才得以将自己悬停在城市的上空。

年初，我和一位在大学里认识的朋友合租，不久便碰上疫情，经济动荡，原本牢靠的工作也变得摇摇欲坠。

她在一家以加班闻名的广告公司工作，有时通宵开会，最晚一次第二天上午10点才下班回家。她在工作之余拼命接私活，忙得脚不沾地，怕稍微放松就被行业抛弃。

找房找得仓促，租了套一居，两个女孩住一间卧室，一人一张床，起初开玩笑说像是回到大学宿舍。但没多久，我朝十晚七，她朝十二晚十二，作息错开。即便都早早下班回家，顶着在工作中被耗尽了社交热情的疲惫的脸，也相顾无言。

5月，我重看关于项飙的一个访谈节目，项飙提到一个概念"附近"，指跟你日常生活直接发生关系的地方和人。人们通过外卖、网约车、淘宝，不用和他人打交道，就可以快捷地解决日常生活的大部分需求，"附近"消失了。

北京没有附近。人人在经营自己的生活上已经捉襟见肘，更难与其他人建立连接，哪怕是同住一个屋檐下的室友。

6月的一天，我下班回家，一个年轻男孩从背后快步超过我，撞了下我的肩膀。我看着他的背影，心里想，他如此着急回家，是要去做什么？是不是和我一样，点完外卖，在游戏和网剧里结束这一天？

我不明白，这样的生活有什么可值得奔赴的。

抱着这样消极的心情，我发现回小区的必经之路上，停着几辆由电动三轮车改装的餐车，刚刚下班的人们停在了那里。我住的小区位于北京东五环一座地铁站附近，5月之前，因为疫情，行人稀少，相视走过也会匆匆避让，很少看到这样热闹的情景。

二

几辆餐车围成一个四角，西南角卖的是麻辣烫，摊主是一对夫妇，男人穿黑色背心、人字拖，面庞并不老，但秃顶和啤酒肚较早降临。他对面是一家烧烤摊，摊主是一个黄头发的男孩，右臂上布满青色文身；烧烤摊旁边，是一家炸鸡摊，招牌上"买一斤送半斤"的优惠诱惑着往来的行人……

年轻的白领和附近超市、餐馆、按摩店工作的人们，走进四角区域中，脚步都慢了起来。五块钱买一纸袋炸蘑菇，十块钱一碗炒河粉，一个身材纤瘦的女孩只要了一根一块五毛钱的烤肠，这是拥有起送费门槛的外卖无法满足的简单快乐。

我选择在烧烤摊停留。摊主叫阿辉，原本在一家连锁烧烤店上班，疫情冲击后，阿辉所在的店员工工资几乎减半。阿辉早就考虑过单干，这回下了决心。

阿辉人缘不错，来给他帮忙的人不少。一个男人问我："吃点啥？"他叫阿龙，是个自来熟，摊位边和他一样站着的好几位黑衣男人，都是阿辉的朋友。他们都是东北人，白天有各自的工作，晚上主动出来帮朋友招呼客人。

烧烤摊支起的小桌旁已经坐满了人，我无从分辨谁是帮手、谁是客人。一个北京大哥坐在最角落的凳子上，手机里播放着短视频，脚边放一瓶啤酒，兀自唱着歌。区别于其他餐点，阿辉的摊位更像一个朋友的聚会，来帮忙的朋友想吃什么，阿辉便烤什么。烤串不断地被端上塑料小桌子，像是一场迷你的、粗糙的流动盛宴。

一有客人光顾，阿辉便招呼着食客们加入烧烤摊的群聊。出摊一周左右，群成员已经近100人。进群第二天，我在群里@阿辉：今天什么时候出摊？阿辉回复：7点半左右。阿龙跟楼，发的文字也带着热闹劲儿：晚上都出啦（来）哈（喝）啤酒！

那些夜晚都是如此，没有人着急回家。一个穿白色波点长裙的中年女人总是在深夜下班，路过小吃摊点要一份夜宵，这是她每一天的晚餐。摊主们猜她在单位是个领导，因为有一次她在电话里大声训斥下属。但这会儿，疲惫爬上她的面部，她慢慢地端起盘子里的食物，柔声聊起自己在老家读书的女儿。过了零点，有人喊了一句："谁现在在家能睡得着啊？在家也是玩手机，来这儿多好啊！"

那天在烧烤摊，我获得了一种奇异的归属感。我已经很久没有这种感受了。

三

6月初，"地摊经济"更热了，摆摊的队伍在不断壮大。一个拖着行李箱卖衣服的女孩，高挑漂亮，她说自己是模特经纪人，我刚摸了摸 T 恤的质地，她立刻把衣服套在身上展示效果："是不是挺好看？"

一个矮小、微胖的女人卖的东西每天都不一样，有时是鲜花，有时是玩具。端午节临近，她的布袋上铺上了五彩绳。她 30 多岁，原本在超市工作，因为超市裁员，她失业后摆摊暂时过渡。

一个读三年级的小女孩端坐在矮凳上四处张望，脖上挂着一个收款码。女孩一边看着往来的行人，一边吃着小零食。她旁边站着一个中年女人，见我凑近，招呼女孩道："看看姐姐想要什么。"我问她为什么出来摆摊，女人指指身后的小区："我们就住这儿，我女儿算术不好，带她来摆摊，练练计算题。"

我在纸箱里挑了一包甜卡力和一包五香花生，女人对女儿说："终于有姐姐肯买你的东西了，你高兴吧？"这位母亲坚持将零食以半价卖给了我。

摆摊人中的有产者不止一位。淼哥今年35岁，北漂近10年。他开着一家旅游公司，做欧洲旅游地接业务，公司有七八个员工。疫情冲击旅游业，淼哥只好暂时把公司关了，出来卖麻辣烫。不为赚钱，手头有事儿做，心里不那么慌。

陪着淼哥出摊的是他的妻子红莲。红莲是北京人，开两家美甲店，他们在附近的小区有三套房子，自己住一套，父母住一套，还有一套直租出去，月租金4500元，在外地还买了一套海景房："因为女儿喜欢去海边玩，这样比较方便。"

6月6日是个周六，加班的白领少了，生意很清淡。但淼哥认真地招呼着客人，宽粉就是红薯粉，鱼丸是安井的，西蓝花养颜，鸭胸肉也是最好的……

2019年，淼哥公司收益不错。2020年年初，淼哥提了一辆车，首付25万，月供5000。1月底，中国新冠肺炎疫情暴发，淼哥做的是欧洲地接，竟然接了几个单子："那时国内的人都往国外跑。"

4、5月份，本该是欧洲游旺季，欧洲疫情暴发。淼哥起初想观望一阵儿。5月底，看出疫情短期内无法结束，他将员工召集在一起，让他们去其他行业寻找就业机会。他们有的去做了电商、线上教育，淼哥最乐观地预计，消费者对旅游行业恢复热情至少要等到年底。虽然家里有存款，红莲的美甲店也重新开业，但自己停滞的事业还是令他焦灼不已。

比起之前每天坐在家里干着急，他的生活变得充实。出摊儿累，他晚上也不失眠了。"没摆摊的时候什么都想：公司房租交着，员工工资发着……想得天花乱坠。一卖麻辣烫，只想着如何把这锅麻辣烫烫好、怎么能多卖出一份。"

淼哥做过小包工头、销售、房产中介，2015年和几个朋友合伙，开了一家旅游公司。起初生意惨淡，为争取大客户，他主动帮客户搬家，打扫卫生。2016年年底，旅游公司业务开始盈利。那时"动动手指，打几个电话，几千块钱入账"。他一度过上了花钱时没有感觉的生活：常和哥们一起出去喝酒唱歌，一次花个八百一千；女儿参加一次夏令营一万多块……

疫情冲击到有产者坚挺的生活。家里消费习惯已经形成，如若不采取行动，可能坐吃山空。现在，他晚上7点半出摊，站到半夜12点，一晚最多能赚四五百块。休息日和雨天生意更差，可能只能赚一两百块。他再没和哥们一起出去吃过饭，想聚会，就去彼此家中小酌。

那个晚上，我跟着淼哥出摊。到了夜晚11点半时，我觉得腿酸胀得站不住了，淼哥还站着。零星几个行人，看了看已经不那么新鲜的蔬菜，走掉了。那个穿波点长裙的女人过来，说自己嗓子哑了，想吃点清淡的，挑拣了几片菜叶后，想起来什么似的问："十块钱给做吗？"

淼哥没有犹豫："给做。就是一块钱也给做。"

四

深夜小吃摊的主要客户是夜间工作者，比如外卖小哥、滴滴司机。他们需要补充热量，又不能太贵，炒面炒饭是一个很好的选择。"耿记炒面"服务的就是这些人。

大部分小吃摊的招牌都是红色，耿记是绿色，中间嵌着一个英文字母，"healthy"。摊主陈风念出这个单词，发音不甚准确，但释义没错，"就是绿色、健康的意思。"

陈风是江苏人，摊子叫耿记是因为妻子姓耿。他今年40多岁，初中学历，知道的几个英文单词，都是跟正在念初一的小儿子学的。

小儿子是他来北京的原因。小儿子先天漏斗胸，孩子五岁时，陈风带他来到北京做手术，因为几年后还需要二次手术，担心来回折腾，陈风决定让儿子在北京上学。

夫妇俩一直开炒面摊维生，卖到半夜收摊。回家收拾一下，凌晨 2 点，妻子耿丽先睡下。第二天早上 6 点，她要起来给儿子做早餐。陈风则骑三轮电动车去八里桥农贸市场，购买第二天的原材料。

位于北京通州区的八里桥农贸市场，是首都副中心的菜篮子，每日出入人流量达2万多人。难以想象凌晨2点钟的市场，我提出想要跟陈风去进一次货，他答应了。我们前往市场的路上，陈风手机提示音提示微信进账，耿丽还没睡。陈风说："今天的生意太差了，妻子不甘心，换了个位置又出了会儿摊。"

八里桥农贸市场里，流动餐车上卖的粥和豆浆还冒着热气，这是为市场里深夜工作的人们准备的。6月的夜晚清凉，大货车拉来市郊刚采摘好的白菜、香菜、西红柿……沾着清晨露水的蔬菜整齐码放在摊位上，卖菜的和买菜的人彼此精神奕奕地讨价还价，手指在计算器键盘上敲得飞快。一辆辆载着各类青菜的电动三轮车在拥挤的菜场里灵活地穿行，这里藏着北京的折叠世界。

货装好后，我们驶离市场，路过通惠河，看见岸边停着两排长长的汽车队伍，都是来八里桥农贸市场进货的车辆。

返程的十几分钟里，令我惊讶的是，陈风和我聊起了几个名字：陈丹青、王小波和海子。他复述了陈丹青讲过的几句话以及海子"面朝大海春暖花开"的诗句。此时已经是凌晨3点半，他一点也不困。直到我们聊起他的小摊，他的声音才从远方拉回现实。

为给小儿子做手术，夫妇俩来到北京，将大儿子送到县城的私立学校，大儿子却开始翻墙去网吧，沉迷网络游戏，最终没有考上大学。他现在27岁，还是沉迷游戏，不喜与人交际。好在小儿子手术很成功，现在健康好动，在学校的长跑活动中表现优异。不过，陈风和耿丽合计过，小儿子无法在北京初升高，他们计划，等儿子初二就回老家。到家了，我们三个人把所有的货物卸下。接近凌晨4点，远远地听见几声鸡鸣，月亮挂在纷乱的老式电线间。在灯光昏暗的厨房，耿丽在水盆里洗了一把樱桃，樱桃有些已经烂掉，陈风把坏的挑出来，我们三人分享了那捧樱桃。

耿丽可以睡一会儿了，尽管一个半小时后要起床，给儿子准备早餐。而陈风要睡到中午，要起来洗菜、切菜，为晚上出摊做准备。

五

有段时间，我每晚都会下楼和摊贩们聊天，在弥漫着烟尘和孜然味儿的摊位间，我认识了更多的摊贩。

卖烤冷面的柳青今年64岁，几年前公公中风瘫痪，丈夫在家照顾，她北漂赚钱，支援两个儿子结完婚买完房。她准备这几年再为自己攒些钱养老。柳青嗓门大，说方言，会和男摊主开荤味的玩笑，性格比一些男摊贩更强悍。其他摊贩的车子被扣了都拿钱去赎，但柳青从来不去，抄一辆她就自己再买一辆。

卖炸鸡的刘辰在几个摊位里生意是最好的。他个子不高，人很沉默。他在这附近卖炸鸡已经一年了，积累了不少回头客，但疫情冲击下，他每天的收入比之前缩水了一半。摆摊所赚难以支撑在北京的 1000 多元的月租、老家每月 3000 块的房贷以及儿子每月的补课费。他晚上 12 点收摊，早上 6 点钟起来进货，进完货跑一会儿外卖的兼职骑手，一天能多赚 100 多元。只是白天跑外卖加上出摊，他每天只能睡不到 6 个小时，聊天时直打哈欠。

不久之后，我听说楼下遭遇了一次突击检查，其他摊贩都跑掉了，只有刘辰，电瓶没电了，没能跑掉。他需要花 2000 块把餐车赎回来，那是他摆摊一周的收入。

和摊主们接触快一个月了，混了个脸熟。我毕竟白天要上班，渐渐地也不常去了。只在下班看他们不忙时，同他们打一声招呼。有时加班很晚，远远地看到几盏亮着的灯，心里也觉得挺暖。哪天管理严格起来，摊位稀稀拉拉，我心里也空荡荡的。

前几天，我又去和刘辰聊天，他把车赎了回来，把摊位换到一个更隐秘的地方。和我说话时，眼睛总是警觉地盯着路上远处驶来的车辆。他告诉我，他听到消息，下个月这里就不能摆摊了。

我们说话的间隙，烧烤摊的伙伴来了，看了看他的车前灯："坏了啊。"

灯只剩下一个壳子，罩在碎掉的灯泡上。刘辰上前把它拿下来，车被扣那天，车灯在匆忙间被撞碎了。我问刘辰："在北京这么久了，你有想过要离开北京吗？"

"没想过。"

"没想过？"

"舍不得。"他不好意思地笑了。2月，他在河南老家，许多在北京的食客给他发微信：什么时候回来？想吃炸鸡了。他迟迟没回来，100多人的顾客群最后只剩下40多个。

回北京跑外卖后，附近加油站的几个员工连续几天给他发微信，想要吃炸鸡。刘辰有天中午没去跑单，去市场买了十几斤鸡腿，在家里炸好给他们送过去，只收了他们七八十元钱。"没有跑外卖赚钱，但他们想吃嘛。"

说话间，又来了两位顾客，将他摊位上剩下的炸鸡皮也买走了。他收了摊，同我说了再见。

阿辉的烧烤摊还在营业，我想要再和他聊聊。刚说明来意，帮阿辉送单的女孩招呼我："你想聊什么，我来跟你聊。"

这是个高个的短发女孩，每天骑着摩托车帮阿辉送单，背影挺飒。在烧烤摊遇到她几次，这是她第一次主动和我说话。

她仰头喝着啤酒："你说想和我们聊聊，大家为什么摆摊？还不是为了生活吗？我们都惨到房租都快交不起了，你还要写我们……"她接着说，"你觉得你们坐办公室、吹着空调的人，和我们是一个世界的吗？"

那天我离开后，没再去打扰过任何人。如果说这些夜晚的目的是寻找"附近"，那么我学到的是：悬浮生活自有其意义。在那个小小的盛宴上，在那个分享樱桃的夜里，我们彼此安慰，共同振动翅膀。

我想起那个从八里桥农贸市场返程的夜晚，我和陈风经过一株梧桐树，他突然放慢车速，指着路边的一只灰喜鹊："这只喜鹊很特别，它是一只灰喜鹊。别看它小，它很聪明的。"我们没再说话，一起看了喜鹊一小会儿。

*文中人物均为化名

文／林正茗

没有人在青年路谈恋爱

黑夜将繁华与宁静隔离，建筑将人以群分。

一

青年路的白天是从朝阳大悦城苏醒开始的。这座砖红色的巨型商业体超过 40 万平方米，拥有 400 多家店面，是城市新贵们追逐潮流的所在。上午 10 点，朝阳大悦城南门、东门、西门同时打开，衣着光鲜的年轻人鱼贯而入，和疾步奔向写字楼的上班族泾渭分明。

没有人一次性逛完过朝阳大悦城，滑冰场、电影院，还有临时迪厅，年轻人喜欢的一切这里都有。

朝阳大悦城塑造着北京东区的典型生活：目不暇接的消费橱窗和一点点的文化。三联书店和单向空间都在这里活得不错。购物和去网红餐饮店打卡的青年，刚好可以在这里恢复一些元气。

吞吐着巨量人流，青年路中段在大悦城营业后开始拥堵起来，南来北往的车辆，夹杂着上班族的电动车在十字路口塞着。穿梭其中的外卖小摩托，如同一尾尾窜动的泥鳅，急躁又灵活。

上午11点后，青年路写字间里的白领们饿了，骑摩托的外卖员为了他们而全力以赴。朝阳大悦城的订单最多，派送的高峰期，外卖员在商场内的扶梯上疾驰取餐，争分夺秒。我曾见到一位外卖员摔倒在扶梯，膝盖磕入电梯锯齿一样的台阶边缘，他顾不得揉搓疼痛，瘸着跑开了。

每一天，外卖骑手郭峰要在青年路与朝阳北路的交叉口奔走四十几个来回。等单的间隙，他在朝阳大悦城的旋转门外站着，看阳光把玻璃照得闪亮亮。研究外卖订单上的头像是郭峰为数不多的爱好，除此之外，他的生活枯燥无趣，等单、派送、返回、继续等单，日复一日。

下午3点，逛街的人在喝下午茶，上班族埋首格子间，青年路有了短暂的喘息时刻。两只在马路中央悠闲散步的流浪狗，就能让交通陷入卡顿。车主们狂按一通喇叭，未被理睬，只好停下来绕行。

晚高峰的到来，会打破这一刻的和谐。附近写字楼的白领，将整个青年路板块的共享单车搜刮一空，汇集到青年路地铁站的进站口。花花绿绿的共享单车加剧了交通的阻塞，与汽车、摩托车和公交车搅成一团，从17点持续到

20点，焦躁的喇叭声响彻街道。

一辆电动车剐了一辆快递车，两位车主吵了几句。快递员从屁股下抄起蹬板儿，指着对方，痛快淋漓地骂了一串脏话。电动车主认怂，两人在全路口人的注视下各奔东西，回过神来，一个红灯还没结束。

22点过后，梗塞的交通终于缓解。被朝阳大悦城大屏幕照亮的街对角，很快被摊贩们占据。手推小吃车挤得满满当当，烟火缭绕，与光鲜奢华但此时已经闭门的巨型商业体，顽强对峙着。

青年路的夜晚仿佛撒了调料，凑得近点就能闻见，这是整条路最饥肠辘辘的地方。麻辣烫和烤冷面的味道相互推攘，混杂在方言各异的交谈中。快速消失的愤怒与安慰交替，将街灯下的晚餐挤得摇摇晃晃。流动摊贩没有为食客准备坐下用餐的椅子，但疲惫会使刚刚结束加班的年轻人忽略这一点点不体面，三三两两地蹲在马路边。

站着吃煎饺的男孩接了个电话，随即从包里掏出笔记本电脑，架在路旁的垃圾桶上，左手敲着键盘，嘴里吞下最后一只煎饺。突如其来的工作任务让他没时间细细咀嚼，像高中时把吃过的食物残余塞进桌斗一样，他把煎饺盒子塞进电脑下的垃圾桶。

深夜不眠不休的人，为另一群活跃在夜里的人提供着胃口的依托。有人专门代购老张拉面和青年路地铁口的路边摊，从晚9点到次日中午，持续接单15个小时。距离最远的一笔订单来自35公里外，为了吃上这一口，对方甚至愿意付出每公里10元钱的配送费。

2019年12月31日凌晨，如同过去的每一个跨年夜，北京的繁华路段陷入大型拥堵。青年路的交通却难得通畅，此刻，全城年轻人都聚集在三里屯、工体和鼓楼等更热闹的酒吧与演出场地，用喧嚣的仪式感度过21世纪10年代的最后一夜。月色下，朝阳大悦城稍显寥落。

在这个跨年代的夜晚，熬了一整年夜的老张一家和代购小哥回到了老家。正月十五过后，他们会一同返京，继续为青年路的夜晚供给养分。

二

随着北京城市规划的整体东移，6号线地铁开通运营，青年路所在的朝青板块从最早被炒热的"CBD后花园"房地产概念，逐渐变成接壤城市副中心的核心地段。

朝阳大悦城作为这一地段的中心，有着辐射整个青年路的影响力。附近物业的价值，也与和这一中心的距离高度相关。最近的星河湾、天鹅湾是明星巨贾的置业小区。稍远的润枫水尚和华纺易城则深受商务人士喜爱。最远的国美第一城，曾是前首富黄光裕建给员工的福利房。如今，这里凭借较为低廉的房租，生活着许多北漂的作家和尚不知名的艺术家。

按照这种排布，青年路北段的达美中心则是一处突兀所在。这栋35万平方米的商务艺术综合体，囊括了5A写字楼、美术馆与剧场等高端的地产运营形态，通透的玻璃幕墙闪着昂贵的光，与青年路青春又略显粗糙的气质格格不入。

　　2017年1月，刘帅所在的某视频公司搬到了相距2公里的达美中心。乔迁仪式当天很是热闹，门厅摆满花篮，总裁将写着"不忘初心，砥砺前行"的大蛋糕切成小块，宣布公司即将步入新时代。

　　搬家后的公司形势很快急转直下，刘帅被调岗至一个完全陌生的部门，而原部门领导突然离职，让他本已收入囊中的转正机会泡汤。他曾待过的部门，员工由十几人缩减至5个，每个人都在谋划着跳槽。

　　一位同事在凌晨2点发了张办公室窗外的俯瞰照片，说："北京哪里有夜景，放大看都是野心。"

　　信用卡推销员徐飞熟悉青年路上所有的写字楼，空间总量虽不变，但永远有新的公司冒出来。有时候，前一天刚走访过的办公室，第二天就不见人影，只剩下没来得及搬走的办公桌。一周后再去，门口已经挂上另一家公司的logo。

　　徐飞并不觉得伤感，相反，他期待更多新面孔出现，这意味着潜在的新客户。

　　无休止的搭讪、攀谈，让徐飞练就了一身看人的本事：

衣着光鲜、妆容整齐的多半是刚入职的新员工，有签单的可能；面色疲惫的老员工大多数早已办过了卡，他们手里有的是要紧的工作，没工夫搭理他。

大楷是负责派送青年路小区的快递员之一，个子瘦高，皮肤黝黑，一双43码的黑色球鞋让他走起路来又快又稳。26岁的大楷住在青年路上的平房里，月租金1000出头，房间没有供暖，也没安装空调。这不算什么，在老家，冬天同样没暖气，夜里他盖上两床被子，有时还会觉得热。

来京大半年，大楷还没去过青年路之外的地方，他是这条路忠诚的服务者。有时他也想出门，去天安门看升旗，爬爬长城。每月仅有两个休息日，都要攒着用来回家，偶尔休息一次，他也已经没有闲逛的力气。

回头想，大楷也是青年路上的陌生人。送快递让他见到了这条路上的许多人，却没有一个是认识的，哪怕是知道他的名字的人。

比大楷大6岁的郑伟，是青年路快递界的新人。同事们嘲笑他："过了青年路南口的红绿灯，就摸不清哪儿是哪儿了。"来送快递前，郑伟在日本静冈的水产公司上班，收入不错。对这份工作，他有很多不功利的爱。每周的休息日，他会跑到富士山下待一整天。因为签证问题，2019年7月，他被遣返回国，一边送快递，一边等待签证的消息。

送快递时，郑伟严苛地要求自己双手呈上快递盒子，像日本便利店的收银员那样，以示礼貌与职业化。有时，这个细微的动作不会被对方发现，防盗门内的独居女性会谨慎地要求他把快递放在门口，即使开门也从不露头。

三

焱焱住在青年路小区一间 12 平方米的小房间。公司离家不远，每天晚上 7 点下班后，她会一路小跑回家，待在 22 楼的卧室阳台上看日落。透过阳台的玻璃窗，可以看到对面星河湾小区漂亮的欧式建筑，画面的另一半是森林公园。黄昏时刻，天色会一点点变得绮丽，慢慢暗下去，随后灯光四起，森林染上一层光晕。

焱焱讨厌坐班，可为了欣赏薄暮的绝妙视角，她在不喜欢的公司坚持了 3 个月，实在耐不住了才提出离职。待业期，她常在黄昏后出门，踩 10 分钟单车去森林公园夜跑。

夏天，森林中满是蝉鸣，跑步的时候她总会想，那些蝉，嘶喊 7 天后就会死去，即使这样它们还在努力生活，自己却不知道每天在干吗。响亮的蝉鸣声中，焱焱又多跑了一圈。

常年拥堵的青年路，达美中心路口红灯时间最久。有那么几次，李康和暗恋的女孩下班时骑行路过这里，等待变灯的 60 秒充斥着临别羞涩的沉默，被心事扯得更漫长。更多的时候，他独自经过，希望红灯快点变色。

根据李康的观察，女孩和闺密一起回家时会打车，独自回家则骑共享单车。李康有辆踏浪电动车，时不时以顺路为由，专程送女孩回家。有几回下雨，踏浪也无能为力了，她只能困在原地等雨停。李康决心将买车提上日程，好能在雨天提出邀约，"我送你回家吧"。他在心里拟定车牌，晋 K JZ，"JZ"代表他的家乡"晋中"，也是她名字的缩写。

2018 年 4 月，李康如愿提车，才知道车管所改了规则，无法以自拟字母的形式选车牌，暗恋的女孩也在雨季来临前，淡出他的生活圈。

李康喜欢青年路，这里是他北漂生活的起点。2015 年 12 月 1 日，他第一次走出青年路地铁站，雾霾和新闻播报的一样，将视网膜罩上一层毛玻璃。

他真心感谢这座城市的宽容，能让学习汽车检测与维修技术专业的自己，仅凭兴趣和热情就谋得一份新媒体运营的工作，在 3 年内稳稳地晋升。母亲来北京看病的时候，因身体不适在 6 号线地铁内蹲了下来，也没人抱怨她占了本就局促的车厢空间。

从青年路往东，6 号线变得更加拥挤。有人曾在挤地铁时碰见一对小情侣，男生挤上去了，女朋友还在外面。女孩眼睁睁地看着地铁门关上，急得快哭了。地铁门关上的瞬间，女孩扯住保安的衣袖，用抖动的声音说："大哥，我俩一起的。"

保安叹叹气说："你跟我说，也没啥用啊，小姑娘。"

在减肥中心工作的付颐，每天18点出现在青年路地铁，将这里作为发广告卡片的第一站。一个晚上，最多有5个乘客真的能加卡片上的微信，她觉得这已是不错的成绩。4小时后，付颐买走了卖花大妈花篓里的最后两枝玫瑰，搭地铁回通州的家。

大多数乘客，在经过青年路和褡裢坡站的地铁上，耳朵的鼓膜能感受到一阵胀痛。相比其他路段，这段路较长，因为坡度和速度，5分钟的路程像过一段山路，会引起轻微耳鸣。

2017年1月至6月，林越每周五从青年路坐地铁到褡裢坡找时任男友，分手后她搬离青年路，再也没坐过这段地铁。

两年多过去，失败的恋情和耳鸣的风声一同被抹干净，唯一记得的是，那半年，她总能在地铁里见到一个戴着黑色鸭舌帽的男人。他坐在靠门附近的位置，腿上趴着熟睡的女友，地铁开往褡裢坡站时，他会用手捂住女友的耳朵，像抱着一个大件行李。

住在青年路的时候，橘子曾在朋友圈里看到一张照片，画面里，一只毛绒玩具熊被丢在停车场的角落，身上脏兮兮的。熊好可怜，橘子想去找它。通过照片里的环境，她锁定了停车场的位置，是离家不远的小区。最终，一位加了微信的顺风车主帮她找到了那只熊。

橘子认为这样的事情，只可能发生在青年路。2019年11月，她迈进互联网大厂，搬到了知春路。在新的街道，她连续看了一周的房子，先是被海淀区的房价吓到，接着被一间窗外即是工厂烟囱内壁的房间弄坏了心情。

青年路的江湖气在搬家后被她恒久地怀念着，捡来的熊成了纪念品，一直放在身边。

四

半个多世纪前的1959年，大量共青团员和青年利用休息时间，在没有任何报酬的情况下，借助铁锹和简易的小车，以极快的速度在平房乡筑出一条新路，青年路由此命名。

2017年，青年路街道进行违建拆除施工，受拆迁影响，同年展开的道路拓宽工程逾期半年仍未完工。工程的停滞让青年路南口变得更加难走，路面坑洼不平，过桥时需要在蓝色围挡间穿过。居民担心工程烂尾，不断投诉反映，甚至，有人因忍受不了路面的破烂而搬了家。

小武是在青年路长大的孩子。他至今记得，5年前的深夜，他和哥们在街边一家叫黄记的烧烤店喝酒。厨师早已下班，桌面上的菜吃光后，两人就着一碟蒜泥喝到了后半夜。那个时候，遇到酒后闹事的，站在门口喊一嗓子，至少能有三个认识的兄弟围过来，从来不怕出事。

开始整治街道后，曾经深夜饮酒的饭馆拆了大半，没拆的都被封在高高的砖墙里。现在青年路南口，仅剩一家经营十几年的花店还开着，在墙边露出窄小的玻璃门脸。老板娘收到通知，这里也将要拆除。

如今的青年路，小武唯一熟悉的地方是街南口的肯德基。大学刚毕业那会儿，他的发小在这家肯德基打工，那时大家都没什么钱，常常几个朋友在发小当班的时候去肯德基吃饭。递一张100块的整钱过去，发小在收银台鼓捣一阵，掏出一沓零钱。有时在深夜，发小独自值班，还会趁机做一些加料的巨型鸡肉卷和汉堡。

附近有独居的老人，把24小时开放的肯德基当成了家，从早待到晚，三餐都不落下。也有穿睡衣的男人，带着孩子深夜来这里避难，在孩子一遍遍催促下，只得安慰说：等你妈气消了，我们就回家。

在青年路南段拓宽工程期间，一家无人自助式KTV在坑坑坎坎的路段里开了起来。霓虹灯牌闪烁，来客仅需扫码付十几块钱，就可以在灯光浮华的小舞台上唱歌，所有人都可以免费进去听歌。

大多数时候，这一间自助歌厅宾客稀少，互联网热潮已经到了强弩之末，这样的自助歌厅显得古典又笨拙。倒是这条路上的修路工常去光顾，夜里收工后，他们结伴来饮酒唱歌，一晚上也花不到100块。

附近的上班族加完班，偶尔也会去歌厅坐坐，听修路的民工吼几曲严重走调的伍佰的歌。喧闹的音乐声中，修路工眼神迷离，附在裤腿上的泥灰抖落了一地，粉紫色光束打在他们身上，如同漫画的网点纸背景。

　　这家没什么商业模式的歌厅自然会倒闭。唱歌的年轻人也不见了。

文 / 刘妍

第四章

快进生活里的

浮游生物

渐渐地，开始丧失社交欲
害怕别人，也害怕自己

摄影：唐潇

他们叫我狗奴

负债养宠物的年轻人，蜗居在大城市的小小单间里，并以此搭建起自己的亲密圈层。小猫和小狗成了他们精神世界的一角，干净的、不受世俗沾染的一角。

一

"钟钟，借我 5000 块买狗吧？"7 月 20 日下午 3 点多，我接到了好朋友梁耀的电话，"你看看它多可爱，第一眼就知道我们要在一起！"

几小时前，梁耀就和我说，打算去北京通州区的一家狗舍看狗。这时听到爱的宣言，我想她肯定发现了梦中情狗，随即点开微信看照片。

梁耀直接传过来一则视频，镜头里装着只黑白花脸、圆滚滚的斗牛犬，像只小白兔，比巴掌大一点。

梁耀快速地说，她和狗舍的老板砍价，从 7000 块砍到了 5000 块，"刚刚有对情侣也看中了它，老板报 9000 块挡住了，我得赶紧决定"。可月光族的她存款只有 2000 多，还得给狗买粮食，便向我求助。

我和梁耀认识 10 年了，感觉她真喜欢这只狗，马上打了钱。过了 20 分钟，电话又响了，还是梁耀。

"钟钟，能不能再借我 2000 块？"梁耀解释，狗粮、营养液花了 2000 多，但狗还要做检查、驱虫，打疫苗。"我要给孩子最好的。"她笃定地说。我想帮忙帮到底，同意了。

走完全套流程，因为狗不能上地铁，梁耀拎着它打车回家，车费相当于她一周的买菜钱。买狗是临时起意，梁耀事先没准备宠物用品，先拿蘸酱油的碟子给狗接水，用自己的碗装狗粮，再一件件添置狗的家具。

狗对梁耀生活的改造，也延伸到我们的聊天对话框。一天深夜，我打开微信，看到她给我留言：花样美男的睡姿。我疑惑地点开对话框，狗的写真弹了出来，两腿交叉，带着朦胧的性感。我自认是狗的干妈，在孩子的自信心建设上不能缺席，于是对着照片赞美："好看，可爱。"但比不上亲妈梁耀，她连说了几遍"倾国倾城"。

美貌的狗，也有了爱称 Miki。Miki 靠在梁耀脚边，她说"我都不敢动"。一天中午，梁耀更向我感慨："昨晚亲了它半小时才睡，融化了我的心。"听到这句话，我感觉理解了她当时迫切带狗回家的心情。

梁耀一直想养狗。她爱好多，行程满，兴致来了，晚上9点会出去打网球。可当午睡醒来，眼前只有飘动的窗帘，那一瞬间，单身的梁耀会有点落寞，她说："想要家里有活物等我。"

Miki 的到来，是一种填补。但这段相亲相爱的感情，在一周后迎来了阻碍。

"你要不要陪我去狗舍讨公道？"7月26日，梁耀突然在微信上问我。我感到一头雾水，连忙询问维权的原因。

原来矛盾起源于狗舍推荐的狗粮店。那天给Miki喂狗粮与营养液时，梁耀发现它们的包装袋上没有"QS"标志，也没写生产时间。她立刻上网查品牌信息，一无所获。梁耀慌了，怕Miki吃出病，赶紧带它去宠物医院做检查，才发现Miki身上携带犬冠状病毒。

病毒对狗威胁不大，令梁耀揪心的是，当时在狗舍介绍的小诊所，并没有检测出任何疾病。她在微信上质问狗舍老板："为什么狗身上会有病毒？"对方推脱："病毒像感冒，狗可能突然就得了，再说我好心带你去诊所，和他们也不熟。"

当时诊所的人还告诉梁耀，狗一年只用做一次驱虫，而这个说法被宠物医院的医生推翻，驱虫的频率该一月一次。重重疑点让梁耀警觉，自己可能陷入了一场连锁的骗局。

在Miki身上，梁耀前后花了近9000块。听她说可能被骗，我说："我陪你去。"接着问维权的时间，梁耀说："下下周末？我身上就剩下100块，先不出门了。"

让狗粮店、诊所赔钱，对梁耀而言，是争取救急的生活费，可她说："钱应该要不回来，我就要个说法。"原来梁耀买Miki时，失去了平时的精明。碰上付费的项目，店家亮出二维码，她就直接扫码转账，只想快些带狗回家，没留下任何单据。

这成了维权最大的障碍。梁耀还希望弄清楚诊所给狗注射的疫苗是否有用。

接下来，我们便讨论如何"深入敌方"。狗舍、狗粮店离最近的地铁站有20分钟车程，诊所位于狗舍和地铁站中间，但之前梁耀买狗时，狗舍全程派车接送，她不记得具体的路线。

我们要去狗粮店和诊所，仍需要狗舍的人做导游。担心对方翻脸，梁耀想出带朋友买狗的访问借口。

由我扮演买狗的角色。我和梁耀是老乡，到时的交流，还可以用别人听不懂的方言加密。梁耀说："等到了狗舍，再随机应变。"

二

8月9日，梁耀和狗舍负责人约定了看狗时间。第二天下午3点，我和梁耀在地铁站碰头。

等待狗舍司机时，梁耀和我对剧本："你的提问要细，演得才像，别让他怀疑我们，你也免费撸撸狗嘛，不亏。"我肯定地点点头，上网再搜了搜柯基的资料，准备"买"这个犬种。

3点半，我们坐车抵达狗舍。它由十多间平房组成，被田野包围。狗舍老板上前打招呼，他年纪在四十五上下，留着光头，身高一米八。我和梁耀对视一眼，挂起笑脸。

老板豪气地说："我这里什么狗都有，随便挑。"我点名要买柯基，他就带我们转入了其中一间平房。

一进房间，我感觉狗狗们像向日葵般，全转了过来。房间里上下两层，垒了十多个笼子，每只笼子关着三四只狗，上面没有贴标签。

梁耀讲过狗的价格全体现在脸上，我指着最漂亮的一只柯基，问老板多少钱，他答8000。按颜值的排序，我继续询问其他狗的情况，价格果然依次递减。

老板大手一伸，把我问到的五只柯基，都从笼子里抓出来，放在房间中部的围栏里。狗狗们像开运动会，追逐跳跃，你撕我咬。为显示买狗的诚意，我把每只都抱起来，摸了摸头，问问年龄。梁耀在旁边补充提问。

结果老板是人精，瞧出我没有偏爱的一只，说："要不再看看其他狗，我这里的都可爱。"我答好，他便带着我们逛其他房间，其中也有猫。

在狗群里，我还真看上了一只柴犬。它的毛色棕黄，模样可爱。我忍不住多摸了几下，老板见我喜欢，赶忙说："在我这里买狗你放心，狗如果生病，送过来都给治，还可以帮你配种。"梁耀信了这句话，想着或许以后能靠 Miki 的孩子改善生活。

眼前的柴犬值 9000，我假装还价，一来二去，价格竟然掉到 6000。看我仍面露难色，老板有点惊讶："这样，那你说你的心理价位多少？"我更犹豫了，心想要是报出一个数字，他同意卖就下不来台了，便说："我知道卖 6000，你们已经没赚多少了，我是钱不够，让我再和家里人商量下。"

借着打电话的名义，我和梁耀退出平房，来到室外。站在野地里，我把手机放在耳边，假装讲话。算算时间差不多了，我放下手机。

老板离我们十米远，察觉到他的目光，我露出哀痛的脸色。梁耀也装作沉重，用方言说："你看通州的天真蓝。"我点点头，和她一起望天。

铺垫好关系，维权才是今天的重点。时机成熟，我遗憾地告诉老板钱不足后，梁耀马上提出，她要去趟狗粮店。老板没阻拦她，让我再考虑下。

狗粮店在狗舍旁边，前台坐着两个女店员。梁耀进门，她们就认出了她，主动询问狗的情况，梁耀嘻嘻地回："没死呢。"意识到来者不善，店员的笑意消退了。

靠墙的货架上摆满商品，我拿起了其中一包狗粮翻看，果然像梁耀说的，没有关键的生产信息。梁耀看着我手里的狗粮，开口道："你们家的东西，网上都查不到牌子。"

店员淡定地说："我们的是进口产品。"梁耀追问："也没有食品质量安全标志，怎么保证没问题？"

女店员笑了："狗舍的几百只狗都是吃这个长大的，再说了，买的狗吃出问题了吗？没有吧。"

她的话堵住了梁耀。这种狗粮像保健品，吃了可能无害，攻击的是智商。梁耀指着桌面上的计算器，继续摆证据："你当时给我算，说买了狗粮和营养液，狗可以吃 8 个月，我回去按你说的量喂，其实只能吃 4 个月，这怎么解释？"

女店员不慌不忙："我说的是吃到狗 8 个月，你买狗的时候它是不是 3 个多月大？"跟随我们进来的狗舍老板也帮腔："就是，你当时肯定听错了。"梁耀见他们联合圆谎，气得一屁股坐进前台的椅子里，准备重新组织论据进攻。女店员见状，起身拿了瓶"肠胃宝"放在桌上："哎，其他也别说了，要不这个送你吧。"

没有发票，目前不能举报这里卖假冒商品。我问梁耀："咱们是不是还要去诊所？"梁耀从椅子上弹起来："对，差点儿忘了要紧事。"她将"肠胃宝"塞进包里。

狗舍老板一边甩着车钥匙，一边笑呵呵："这就对了，咱们别钻牛角尖。"我们坐上老板的车，他表示直接回地铁站，梁耀摇头："先去门诊，还要找门诊算账。"

我用胳膊肘捅了捅她，梁耀和狗舍老板都没再说话。

三

车在路上快速行进。透过车窗，梁耀紧盯着路边，留心诊所的位置。

过了几分钟，"宠物检测中心"六个字冒了出来，可我们马上注意到，它的招牌下竖着白色的卷帘门。我发现它只有一间店面。梁耀懊悔："都怪前面耽搁了太长时间，它关门了。"我们只好去地铁站。

狗舍老板开始搭话。指望着他给狗配种，梁耀应付着和他聊天。他从创业经历，聊到我俩的月薪，最后提议一块吃晚饭。婉拒后，我们下车，在便利店填饱了肚子。

进地铁站时，梁耀恨恨道："还是咽不下这口气。"我问她想怎样做，梁耀说想写纸条，贴在诊所门上泄愤。怕她气坏了自己，我决定支持："那我们就去。"

找地铁站旁的宾馆，我们要了16张A4纸和笔，梁耀打算写上"无良门诊、假扮医院、欺压良民、祸害猫狗"16个大字。写完后，我们到便利店买双面胶，叫上车，带着标语再次出发。

车接近"宠物检测中心"时，我突然发现，它开门了。看来前面是调虎离山，剧本要改写。梁耀说："等会儿我唱黑脸，你唱白脸。"她把A4纸放进包里，拉着我下了车。

诊所里，除了三名穿白大褂的女店员，还有一对情侣、一个中年男人。墙上的钟告诉我，现在是晚上8点。

男生和女生应该刚从狗舍买了一只猫，正在做检查。趁店员们围着男生科普，我给女生打手势，请她到诊所外面说话。

女生跟着我走了出来，我刚想提醒她这家店不正规，那个中年男人也出现在了门口。意识到他是狗舍安排的司机，我闭上了嘴。不久，男生、女生开心地拎着装猫的笼子，和司机一起离开。

梁耀上前和店员讲经历，她在这里花了1000多块钱，但狗身上还是有病毒："我问了宠物医院，这里的检查费太高了。"梁耀还想知道给狗打的疫苗，究竟是什么牌子。

在四人的对峙中，我看出这三个阿姨里，短发的应该是店主，长发的脾气较柔，有刘海的性格强硬。她们三四十岁，都比不到一米六的我和梁耀，高出一个头。

店员们众口一词，她们这没有电脑记录，使用的疫苗批次不同，品牌也不同，无法查询："至于检查费用高，同一件衣服还有这家比那家贵呢，我们也没拿刀架你脖子上，逼你做检查啊。"

环顾了下店面，我说："店里没挂执照，平时不做账的话，怎么报税呢？"

扯到10点多，可能担心被举报，店主打了退堂鼓："这样吧，大家各退一步，我给你400块。"

梁耀有点犹豫，她目标是 700 元。拿出手机，梁耀打算向宠物医院的医生朋友再咨询一轮。这个举动激怒了有刘海的阿姨，她吐了个脏词，梁耀生气了，两人开始对骂。

感到受侮辱，梁耀愤怒地抓向身旁的消防栓，太重了没提起来，就换上较轻的椅子做武器。我和其他人赶紧上前拉架。

就在这时，梁耀没拿稳椅子，它好像砸在了长发阿姨的脚板上。长发阿姨立即像漏气的球，软绵绵地靠在墙边。店主心痛地说："她才做完一场手术啊，正常 9 点她就下班接上孩子了。"

有刘海的阿姨跟着说："这就送医院，还有没有王法了！"我说行，那你们报警吧。店主指着左上角的摄像头："谁先动手，上面都记着，还是你们报警吧。"

我说："还是你们吧。"梁耀出声："我先和阿姨说对不起，不是想打你，是她先骂的人。"有刘海的阿姨听了，嚷道："有种出去单挑。"边说边脱下了白大褂。

我和店主再次拦住两个气头上的人。长发阿姨扶着额头，弱弱地说："你们能不能让我静静？"

这句话让闹哄哄的诊所，沉寂下来。

两边都不愿报警，接下来的问题变成我们赔阿姨多少钱。时针指向 11 点，店主叹了口气："这么晚了，要不你们赔 200？"

梁耀的意思是赔 100。怕有刘海的阿姨再发作，我和梁耀商量："我出 100，你出 100。"梁耀同意了。原先她们答应赔偿的 400，扣除了一半，店主拿出两张红钞票，交给梁耀："答应我，以后咱们别联系了。"

经过这一晚，梁耀也断了给狗配种的念头，回家后，马上删除了狗舍老板的微信。

四

之后，梁耀全身心投入了培养孩子的事业。

想着狗的性格随主人，在 Miki 面前，梁耀决心不看支付宝的余额，不说同事的坏话，可 Miki 并未变得温柔耐心，仍很调皮。梁耀想伸手摸头，Miki 转着身子躲。

我去梁耀家看望 Miki，发现它咀嚼一切看得见的东西，梁耀猜是在狗舍留下的童年阴影。我想起在狗舍时，看到的狗确实都不快乐，可能是饿的。怕 Miki 连钉子都吞，梁耀每天早晚各拖一次地。之前从狗舍拿来的营养液"肠胃宝"，她不放心给狗吃，又不舍得扔，摆在家里，落了一层厚厚的灰。

跟在狗狗身后的，除了排泄物、账单，还有沉甸甸的责任。又一次带 Miki 看病时，医生告诉梁耀，Miki 是母狗。梁耀举着 Miki 日益扁平的鞋拔子脸，觉得神奇，她恍然大悟，Miki 的确从未抬腿撒尿。8 月底，努力攒钱后，梁耀还清了向我借的钱。Miki 每个月花销 1000 多元，也在她可承担的范围内。

有了 Miki，梁耀的快乐肉眼可见地放大。早上6点，听到 Miki 细碎的脚步声，她满足地想，现在拥有了一种陪伴。有时醒来，看见 Miki 的头就靠在她边上，梁耀感到非常幸福。她偶尔也拿 Miki 开玩笑，觉得它被白毛覆盖的爪子，就像一瓣山竹。

Miki 6个月大的一天，梁耀带它去洗澡，在宠物店碰上了一只公斗牛犬。看着玩在一起的两只狗，梁耀对公斗牛的主人说："你的狗挺漂亮，有没有考虑生孩子？"狗主人表情微妙，她说花了一万买这只狗，她姐姐的斗牛还要三万。梁耀兴奋地说，Miki 只用了5000。

过了一会儿，狗主人拿着手机，向梁耀靠过来，她的屏幕显示着两种狗的对比图：斗牛犬的脸庞圆鼓鼓，腿脚短；波士顿梗脸部相对平坦，身材瘦长。梁耀看了又看，猜测 Miki 大概是波士顿梗。

但这次她不打算维权了：狗的真假似乎不重要，Miki 已给了她实实在在的陪伴。况且，鉴定狗种也是笔大花销。

文／林钟钟

北京狼王

游戏的开始，猝不及防；游戏的结束，天各一方。

一

北京狼王不愿意别人称呼自己为狼王。他觉得，这样的外号会在游戏中拉低他的"好人面"。

这个游戏便是著名的"狼人杀"，由早年的"杀人游戏"转变而来，曾经风靡全世界。它需要十几个人围坐在一起进行逻辑推理："天黑时"，狼人角色对好人进行屠杀；"天亮后"，大家依次发言讨论，选出心中的狼人进行投票放逐。参与游戏的"活人"会越来越少，直到狼人方或者好人方全军覆灭，游戏才算结束。

无论你是哪方阵营，如果你在其他玩家心中的"好人面"不足，就极有可能被当成狼人放逐出局。北京狼王对此非常苦恼，出局后，总会愤愤不平地"留遗言"强调，自己真的是一个好人。

我是在 2017 年夏末见到北京狼王的。那时，我刚成为北漂族不久，搞定工作与住所后，向熟悉北京的朋友询问"是否有某种可以认识新朋友的活动场所"。

"狼人杀玩吧？"朋友问。

朋友带我在朝阳门下了地铁，走过两条街，我们进入了一幢酒店的公寓楼。电梯托着我飞速上升，走在客房外的走廊上时，我一度有一种不安感。

结果推开门一看，二三十个人围坐在一起吵得热火朝天。这可是货真价实的"线下狼人杀聚会"。大家每个人面前都放着一个号码牌，下面压着自己的身份卡片。其中一个长相不错的男人举起手，冲我们打着招呼。他皮肤黝黑，留着寸头，约莫 30 岁。

"快来坐，我们刚好结束一局。"

他的口音中带着北方人的腔调。对我这名陌生人一副司空见惯的神情。

我就这样认识了北京狼王。

首战之后，每逢周末我都会来狼人杀对局里和来路不明的陌生人一起厮杀。

二

狼王管理着一个 400 人的微信群，人数令人咋舌。只要他的狼人瘾犯了，便会在群里号召组局。

在狼人杀的世界里，大家没有身份、地位、学历、财力的比拼，但仍然存在阶级。这样的阶级断层完全取决于玩家的智力。玩得好的高端玩家，会以"高配"自居，形成小团体，对"低配"们嗤之以鼻。

狼王自然是玩家里的翘楚，要想固定跟他一起对决，必须证明自己拥有与之匹敌的实力。这样一个纯粹与脑力挂钩的江湖，客观又残忍。这种体系下，他赢得了很多的尊敬。

北京狼王喜欢把狼人局组织在公寓套房里，少则20余人，最多的时候超过60人。浩荡的队伍分布在各个房间里，满是正反逻辑的撞击声。

能在狼人杀局里认识如此众多的新鲜面孔，是很有趣的体验。不出两局，你的目光便再也无法从某名玩家话剧般的演说中移开。他搭配着手舞足蹈的夸张动作，观赏性满分。当然，其他人的表现也可圈可点：有人擅长硬核逻辑，有人精通察言观色，有人擅长演说。一个说起话来滔滔不绝，连珠炮金句段子频出的玩家总是逗得大家哈哈大笑，没人想到再过两年，他会因为狼人杀的精彩表现成了《奇葩说》的选手。

"我刚来北京时，总往桌游吧跑，后来一起玩的固定队伍变大了，觉得桌游吧太不自由，就索性自己开局了。"北京狼王与我渐渐熟悉起来，组局等人时，总是跟我一起闲聊，"其实一开始也没这么多人，不知道哪天起，就变成了今天这个样子。"

北京狼王说这些话时，对我是有所保留的。

后来，一个玩家告诉我，他是在交友软件上得知了狼人杀局的存在。那天，他打开软件，刷了一下"周围的人"，然后看到了北京狼王的头像。

"他主动给我打了招呼。"玩家回忆，"头像挺帅的。我正好没事，就来了。其他人我就不知道了，也可能是被朋友带来的。这个局存在好几年了，在圈子里很有名气。交友的场所就那么几个，不是所有人都爱去酒吧。狼人局挺好的，大家需要这个据点。"

2017年12月22日冬至那天，我意外地收到了北京狼王的微信，问我晚上下班后要不要参加他组织的"私人饭局狼人聚会"。

"约了几个水平高的，关系都不错，可以在包房里边吃饭边玩。"他在微信里说，"人数固定13个，你要有事来不了，我就把名额给别人。"

能得到北京狼王的邀请是一种荣幸。我马上答应下来。

聚餐的地点在东大桥，我下班后从公司赶过去已是晚上7点。走进包房，北京狼王坐在餐桌的主要位置对我轻微点了点头，随即拿起手机，继续联络那些迟到的玩家。我入座后环顾四周，都是这几个月来早已熟识的面孔。

限额13。能坐在这里，必然是与狼王走得很近的人了。

三

来自五湖四海的北漂们聚在这小小的房间里，倒是有了某种奇特的归属感。冬至的节日气氛让人们放下戒备，等人期间，大家闲聊起来。

我们头一次聊到了彼此的工作。我有些惊讶，原来那位"戏剧演说家"是某知名日报的记者，坐在他旁边的那位，则是一位知名企业高管。在座十多人，从教师、律师、建筑师到网红主播，应有尽有。

北京狼王并没有表现得太过惊讶。他没有参与话题，安静地坐在一旁滑动着手机。

7点过半，游戏正式开局。慵懒的氛围一扫而空，大家紧张起来，陈述起自己的逻辑线时剑拔弩张。

没人注意北京狼王与"戏剧演说家"是怎么吵起来的。他认为"戏剧演说家"的发言过于场外贴脸（狼人杀术语：意指动用赌咒发誓，或诸如"狼人夜晚杀人时，我感觉到他动了"之类的"非逻辑式"话语说服他人，一种不尊重游戏的行为），刻薄地指责了几句。

狼人场上情绪化斗嘴是家常便饭，即便"戏剧演说家"不友善地出言反驳，大家也没太过在意。直到"戏剧演说家"摔了一只酒杯，巨大的声响才让所有人意识到这次争吵有些过火了。

"给你脸了是吗？""戏剧演说家"盯着北京狼王，"怎么，你以为你会玩个狼人杀、能喊人组局就了不起了是吗？"

"你看不起，你可以走。"狼王很是平静。

"怎么，来劲儿了是吗？一组局的，真把自己当腕儿了？""戏剧演说家"没有动。

"听不懂人话？"北京狼王语调缓慢，"让你滚，门不是在你后面吗？"这一次，"戏剧演说家"没有片刻迟疑，起身摔门而出。

一阵让人难以忍受的尴尬。

"游戏而已，只是游戏罢了，大过节的。"有人开始打起圆场，随即又开始高声说话。

"以后，但凡还想参加我组的局，就跟那人断了来往。"北京狼王抬起垂下的眼睑大声宣布。

众人纷纷应允着，再次跟北京狼王搭话时都带上了细微的谄媚。

人数不够，狼人杀无法进行标准对局。这样的冬至聚餐，自然是不欢而散。大家道别离场，我走出饭店，站在北京干冷的空气里，嗅出了某种不妙的信号。

我清楚会有人对北京狼王产生积怨。他傲慢，自命不凡，言辞逼人。但我没想到，事态会变得如此古怪。

这让我想起早年一部叫《搏击俱乐部》的电影。电影里，泰勒组建了一个地下俱乐部，成员们遍布各行各业，下班后脱掉工作服，丢掉彼此的社会身份，所有人都成了搏击野兽。信徒越来越多，泰勒的分量越来越大，终于，他开始带领大家毁灭一切。

虽不像电影这般夸张，北京狼王本人也没泰勒这般疯狂，但那种崇拜、盲从、聚团排外，却出奇地相似。

我花了点时间遐想，潜藏在北京各个角落的狼人杀爱好者终究会形成一股怎样的力量。于是，我错过了最后一班回家的地铁。

四

事实证明，电影终究是电影。冬至那次聚会是我最后一次见到北京狼王。我臆想中的地下部队，还没来得及成形，就随着他的离开消散了。

没人知道北京狼王是什么时候离开的，可能是圣诞节前后，也许就在 2018 年的元旦前夕。有一阵子没组局了，大家这才发现，那个 400 多人的微信群里，早已没了北京狼王的身影。我微信私聊他，再也得不到回应。

大家零零散散地打听着，在群里发布各种类型的猜测。

有人说是工作调动，有人说他回家乡结婚，毕竟快 30 岁的人了。其中有一个人信誓旦旦地宣布，北京狼王根本就是在流浪。

"你们难道没发现，他总是在公寓里组局吗？我在公寓里看到过他的行李箱，他总是借着组局的名义，用大家的钱开房过夜。就算不住在公寓，他也总会搭讪新人，去别人家蹭住。"

当大家看到这句话时立马炸开了锅。

"是啊，每次组局都要收我们30多块，30多人，他就能收到1000多。"

"房费能有多少？剩下的不都进他口袋了吗？"

"他还总是买菜，自己在公寓开火。我们要吃的话，还得再付一次钱，这饭钱他也赚回去了。"

无数猜测在消息栏里滚动。让人略感欣慰的是，讲话的都是偶尔才会来杀的玩家。总是跟北京狼王一起奋战的固定班子们，没有一个人发言。

但这些传言到底几分真几分假，没人能答得上来。

离开狼人局，北京狼王对我来说只是一个陌生人。我不知道他的工作、他的背景、他私下的一切。我们对他一无所知。我们对彼此也不了解。

五

2018年元旦假期的最后一天，玩家们忍不住了，终于自己组了局。

地点仍然是朝阳门的那家酒店公寓，老玩家们一个个出现，彼此寒暄打着招呼。一切似乎都与以前相差无几，唯有北京狼王不在。或者说，北京狼王这个名号仍然存在。新的组织者出现了，北京不缺狼王。

刚认识北京狼王的时候，他总是摆着手说，别叫他狼王。可是，不叫他狼王又该叫什么呢？在这样一个脱掉社会身份的狼人杀局里，大家都是按照微信昵称呼唤彼此的。而他的微信名字，就是简简单单"狼王"两个字，像是某种荣耀。直到他离开，都没告诉我们他的真名。

　　2018年第一天，我坐在朝阳门公寓的客厅沙发上，跟十几名全新的玩家一起，抽取了各自的身份牌。我得到了一张"预言家"牌，这意味着，我将背负最大的责任，用我可以查看玩家真实底牌的特殊能力，带领好人走向胜利。

　　"法官"宣布"天黑请闭眼"，游戏正式开局。

　　我闭上眼，不知不觉看到了冬至大家散场后的那个黑夜。北京即将零点的长街上，我错过了最后一班地铁，正打算用手机呼叫快车时，北京狼王从身后走了过来。

　　"在前面坐夜6路，直达你家门口。"得知我的住址后，他淡然地说。随后他陪着我走向公交站台。

　　"其实你玩得挺好的，好几次你是狼，我都没盘出来。"路上已经没有多少行人了，一起等红灯时，北京狼王的胳膊揽过了我的肩膀。

　　"这不都是跟你们一起玩，练出来的嘛。"我有点不好意思，"我可不想被你们这些高配嫌弃。"

　　"你来北京多久了？"他问。

　　"快半年了。"

　　"来干吗，就为了赚钱？"

"当然是为了赚钱，不然呢。"我笑了，"那你呢？"

"我来北京啊……四五年了。说是为了赚钱，其实我也不知道是为了什么。你说，总是来玩狼人杀的那帮人，他们又是为了什么呢？太无聊了。活在这儿，太没劲了，很难看到未来。"

我们来到站台，夜6路迟迟不来，等车的时间，我们陷入沉默。

北京狼王一直站在我旁边，我以为他也是在等这辆车。正当我开口准备询问他是在哪一站下车时，他突然问我：

"你觉得我们是朋友吗？"他直直地看着我。

我一刹那有些窘迫，不知道怎么回答。这是我来北京的第一个季度，生活中没有认识多少人，北京狼王应该是我在狼人局里接触最多的朋友。我问自己：我们真的算朋友吗？是朋友，还是只是游戏玩伴？

北京狼王看出了我的犹豫。

"没关系。"他说完，便转身离去。

而我心中，迟迟没有答案。

文／梁湘

关闭朋友圈后的第二十一天

发朋友圈是一场思想博弈，一旦发出，满足自我、虚无的同时，又陷入恐与别人格格不入的矛盾状态。

一

据一项不知道靠谱与否的数据显示，现代社会有 70% 的年轻人有或轻或重的焦虑症，主要的原因是注意力不集中，太过分散，喜欢乱想，不知道干好手上的工作。

以韩佳琪举例，她每天浪费在刷朋友圈上的时间，已经大大超过了我的预期。作为她的上司，我能理解现代人对手机的依赖，但隔了不到 10 分钟就刷一次朋友圈，我实在有些接受不了，班还上不上啊？

但我是一个温和的人，赞同良好的沟通才是解决问题的最佳方法的理论。在一次部门会议上，我委婉地表达出了对她上班总是玩手机刷朋友圈这个行为的看法，并建议她合理安排工作和娱乐的时间。

不承想，一向态度蛮好的韩佳琪这次对我板起了脸，语气也很不友好："又没有耽误工作。"声音很小，但我听得清清楚楚，其他开会的同事也听到了。有几个人朝她使眼色，还有几个人正等着看笑话。

不过我完全没有放在心上，还是之前的态度："那就好。"我从不会因为工作之外的事情和同事发火，韩佳琪虽然没有耽误工作，但是在上班时间这么频繁地刷手机，工作态度是有问题的，不知道别人会不会被影响，但如果她想在职场上更上一层楼就必须更专业才行。

韩佳琪来公司半年了，入职的是基层岗位，但工作内容很关键，两个部门以及一条业务线的对接和传输工作是她在负责，因此面试的时候我和她聊得比较多，有一个比较全面的了解对工作上的沟通是有很大帮助的。

这是韩佳琪的第二份工作，今年是她来北京的第三年，上一份工作她待了一年多，因两个老板总是内讧，她觉得公司没啥前途就走了。我问她为什么会选择来北京，她的答案让我比较意外。我遇到很多北漂，大多数人都是为了梦想和发展前景以及人生追求，她的答案是脱口而出的："为了男朋友啊。"

然后我随口问了一句："你们感情挺好的啊？"她就吧啦吧啦地说开了，把她和男朋友认识的过程和我简明扼要地说了一下。

韩佳琪大学的时候是个文艺青年，对文学抱着虔诚的信仰，怀着无限崇拜的心，想在文学创作上有所造诣。机缘巧合之下在一个群里认识了现在的男朋友老秦，最开始的时候两人加了微信也没多说话。韩佳琪喜欢看老秦的朋友圈，看他发的有关文学圈的消息、发的自己的文章。这时候的韩佳琪内心总有一种激情与动力，觉得作家梦好像离自己又近了一步。

　　老秦出了几本市场小说，但都不温不火，不过在韩佳琪眼里他就是自己的男神。虽然通信如此便利，在韩佳琪来北京找老秦之前，两人还是用书信交流了一段时间。

　　在韩佳琪眼中，老秦的钢笔字很漂亮，遒劲有力，好像他的人一样，棱角分明，英俊刚毅。

　　在韩佳琪来北京之前，她的脑海里全是关于老秦写作生活的想象：在明亮的咖啡馆，他端着一杯冒着香气的拿铁，阳光倾泻在笔记本电脑上，修长的手指像弹钢琴一样敲下一个个美丽的文字。

　　可惜到了北京，现实无情地把韩佳琪的梦击碎了。老秦租住的房子并不大，甚至有些狭小。简陋的办公桌上是一台用了好几年的小尺寸笔记本电脑，键盘上的常用字符都已经磨掉了，回车键已经不再那么灵敏，每次必须重重地敲下去才有反应。桌子上没有冒着香气的拿铁，而是一大罐子白开水，一罐子水够喝半天。

　　年久失修的空调每启动一次，风扇都会轰隆作响，像喘着粗气的老黄牛，不堪重负地在田地里耕作。不时有水顺着空调滴到床上，滴到老秦的肩膀上。每当这时，韩佳琪就给他递一块抹布搭在肩上，渐渐地抹布也被浸湿了，她再拧干重新搭上。

老秦在电脑上噼里啪啦地敲着键盘，每天重复，一篇篇文章就在这无限的重复中诞生了。

老秦是一个专职写作者，坚持了两年，自从出了第一本书后，就更加坚信了要当一个作家的梦想。他辞了原有的工作，专心在家写小说，期望能够出越来越多的书，赚越来越多的版税。

可老秦不是畅销书作家，尽管出了几本书，却也是读者寥寥，稿费更是不足以支撑日常生活。韩佳琪劝过他好几次，不要刻意这么着急，可以先找一个稳定的工作再说，他却坚持他的梦想，并认为他一定会成功。

韩佳琪说到这里突然停住了，我能想象到她和老秦生活的样子，不容易，甚至很难，但这座城市大多数人都是这样过的。

不过在年轻面前，这些都不算什么，未来是充满未知的。

二

我快到 8 点才下班，走到电梯口发现韩佳琪也在等电梯，就和她打招呼："才走啊。"她说："是啊。"还冲我笑了笑。

出了楼走到马路上时，韩佳琪又对我说道："对不起啊，今天态度不好。"我已经忘记这个事情："没关系，我以前也和你一样脾气火暴。"

韩佳琪吐了一口气："我把朋友圈关了。"

我问道："为什么啊？出什么事情了吗？"

她会这样和我说话，可见我在她心中是一个比较合格的倾听者。我和她的地铁方向顺路，在路上能相处20分钟左右，有足够的时间听她讲关闭朋友圈的原因。

和我预想的没错，与她的爱情有关。

来北京和老秦在一起后，现实生活和想象的区别较大，让韩佳琪着实适应了一段时间。她也给自己做了好几次心理建设，告诉自己年轻就应该吃苦，所有好的生活都是一手创造出来的，生命的目的在于经历和创造。但当面对现实生活的时候她又显得很迷茫。

"每天进行的日复一日的工作意义在哪里？真正想去做的事情和想去的地方啥时候能实现呢？我能在这座城市一直待下去吗？我和老秦能一直在一起吗？"

韩佳琪潜意识里也知道只有动起来才能寻找到答案，可她自律性不强，稍微一放松就管不住自己。最让她深恶痛绝也是自己最难改掉的毛病就是刷朋友圈。

每天睁开眼后，韩佳琪的第一件事不是起床穿衣服，而是拿起手机躺在床上看朋友圈，看看自己睡觉的这几个小时朋友圈都发生了什么。这好像已经形成了一种固定的肌肉记忆，怎么也戒不掉。今天早上，韩佳琪的手机没有拿稳，径直砸在了鼻梁骨上，鼻血一下就流了出来，疼得哇哇直哭。

老秦一边给韩佳琪止血，一边劝她不要老玩手机，早上时间紧，要干正事。韩佳琪委屈地表示马上就收拾好去上班。老秦从锅里拿出煮好的鸡蛋放进韩佳琪的袋子里，塞到她的饭盒包中，温柔地嘱咐道："记得吃早饭，路上小心啊。"

老秦大部分时间都在家写作，因此家务和做饭的工作几乎都被他承包了。韩佳琪除了上班，在家里几乎不需要做什么事情。

韩佳琪风风火火地出了门，在混合着汗臭与人体气味的车厢中度过漫长难捱的一小时，到了公司处理了几个紧急的事情后，就开始了边刷朋友圈边优哉游哉工作的日常。

下午的时候，她们办公室的空调出了点问题，整个屋子像个大蒸笼，所有同事都在抱怨。和行政说了，行政说维修的师傅明天才有空。没有午睡的韩佳琪在这闷热的空气中愈加烦躁，眼睛盯着电脑屏幕越来越模糊，文字像一个个小蚂蚁，在心上挠来挠去。

为了缓解心里的压抑，也或许是肌肉的记忆苏醒了，她拿起了手机，不自觉地就点开了朋友圈那个小红点，发了一条心烦意乱的状态，当然没有忘记屏蔽掉我和其他领导，发完后就顺势往下滑着。

滑着滑着韩佳琪就不淡定了。她发现所有人都过着异常精彩的人生，好像只有自己，朝九晚六，日复一日重复着循规蹈矩的生活。昨天、今天和明天，似乎都是一样的，没有任何惊喜可言，连朋友圈都没有值得发的内容。

　　韩佳琪觉得，朋友圈里的朋友们，都在享受着美好的人生，而自己却偏偏发了一条抱怨空调的信息，显得特别违和，同时也暴露出了自己与他们的巨大差距，这让他们看到岂不是很跌份？不行，得趁着没有人看到赶紧删除。

　　韩佳琪拉到最上面，手指刚要点击删除，就看到了老秦的评论。只不过他评论的不是韩佳琪，而是在韩佳琪之上的一条朋友圈动态。

三

　　那条朋友圈动态是韩佳琪和老秦一个共同好友发的一张自拍，用修图软件修得美美的，大大的眼睛，长长的睫毛，尖尖的下巴，头发柔顺地贴着她的侧脸。背景是一座充满异域风情的建筑，地点是一大串英文，就"London（伦敦）"韩佳琪还能看得懂。

　　老秦则在下面评论道："异国他乡，一个人要注意安全。"

　　再看看刚才自己发的那条动态，除了两三个不认识的陌生人点赞，一个评论也没有。

　　"明知道我也在看朋友圈，还敢明目张胆地在别的女生状态下点赞评论互动，而我的状态他竟然漠不关心不理不睬！"

韩佳琪立马在微信上质问老秦："你在干什么呢？"

"写小说啊。"老秦回复。

韩佳琪在心里暗骂，写个屁小说，明明就是在朋友圈撩妹，当我眼瞎啊。韩佳琪火气一下子就上来了，打字的手指都有些颤抖，半天才拼好几个字："别以为我没看见你的评论！"

"评论怎么了？不是很正常吗？她不也是你的好朋友吗？我关心一下不行吗？"老秦在那边说。

"不行就是不行！"韩佳琪的汗冒了出来，两天没洗的头皮此刻异常瘙痒。在她看来，男生们永远不会理解女生之间的友谊，她们之间可以互相点赞关心对方，但决不允许自己的男朋友对其他女生有一丝一毫的上心。

"她之前在我最困难的时候帮助过我，现在她到英国留学，一个人无依无靠的，我关心一下怎么就不行了？"老秦好像没有理解到这一点。

"你不是说你在写小说吗？怎么又刷朋友圈了？你就是不务正业！整天不上班还在家里开着空调刷朋友圈！你刷朋友圈没有看到我发的吗？为什么不关心我，偏偏关心她？！"韩佳琪就这样在公司用微信和老秦吵起来了。

"你公司空调坏了，难不成我跑过去给你修好吗？你要我说什么你才满意？"

"不管说什么，反正只要评论就好！"

"脑子烧坏了吧你，我这小说马上结尾了，不和你吵了。"

韩佳琪发了一连串生气的表情，但等了半天都没有等到老秦的回复，一直生闷气生到了下午开会的时候，而我提醒她不要上班总是刷朋友圈的时候，正好撞在了她的枪口上。

我看了看韩佳琪的鼻梁和她的头发，她并没有夸张，鼻梁上有青色的部分，头发也确实有点油腻，不然今天肯定和往常一样披下来了，而不是扎着。

"所以，你就决定要关闭朋友圈吗？"我问道。

"是的，以后都不会开了，再也不看别人的动态，再也不关心不相干的人的生活。我要好好努力工作，业余时间给自己充电，现在发现总是看朋友圈简直太浪费时间了。"韩佳琪的态度很诚恳。

我当时并不知道故事还有后半部分，韩佳琪关闭朋友圈的时候，也关闭了自己和老秦的爱情。从刚来北京和老秦确定关系到现在，两人已经恋爱了3年，这3年来，韩佳琪也渐渐习惯了老秦的坚持，只是她当初的文学梦想早已被现实压得粉碎，在朝九晚六日复一日的工作下，在没有一丝喘息空间的地铁里，在陌生人与陌生人互相挤压的汗臭的躯体下，对文学对生活的激情被消磨殆尽。她觉得自己早已变成了一具空壳，一部只会重复固定工作的机器。

韩佳琪偶尔抬起头看着在电脑前拼命敲打键盘的老秦，有时候会特别气愤，气他还在愚蠢地坚持，甚至觉得他在逃避。为什么不去找工作？每个月都会有固定收入，那样的日子多有安全感啊。

有时候又觉得他可怜，他那么想在自己喜欢的领域有一份造诣，可命运弄人，他坚持了这么久还没有成功，可依旧在痴痴地坚持。

有时候又嘲笑他，觉得他迂腐，在现实面前不懂得变通，继而替自己感到可惜。"和他在一起，真的是正确的吗？"韩佳琪在心里这样自问过好几次。

终于，这次吵架让堆积已久的矛盾积攒到一起爆发了，韩佳琪用斩钉截铁不容置疑的语气向老秦提出了分手，老秦觉得不可理喻，没加多想，像撒气一样说了句"那行"就关上门走了。

四

关闭朋友圈外加分手的韩佳琪工作的确认真了许多。那段时间，我经常一天都看不到她用几次手机，总是一副面无表情的模样，盯着电脑噼里啪啦一顿敲打。但几乎办公室的人都看得出来，她似乎并不比以前快乐多少。

韩佳琪关闭朋友圈后的生活，与之前最大的不同，就是再也没有了多余的牵挂。

她不用再想知道那个小红点背后发生了什么故事，不再想窥视别人的生活。别人出国留学，别人环球旅行，别人度假度蜜月，别人炫富晒豪车，别人晒高富帅男友晒令人羡慕的生活……都与她无关。她断了网，关了手机，开始在原先老秦坐着的地方，用他原先用的桌子看书。

或许是老秦在那张桌子上待了太久的原因，韩佳琪总是能闻到他的味道。这时候曾和老秦在一起的点点滴滴就一幕幕浮现在了韩佳琪的脑海里。

她也偶尔会问自己，关闭了朋友圈和老秦分手后，自己的生活真的相较以前有很大变化吗？她不知道答案。

但能确定的事情是，随着时间的流逝，她越来越想老秦了。韩佳琪曾经以为老秦就是她生命中的另一半，因为彼此都那么爱着对方，爱着彼此的每一个部分，熟悉对方生命中的每一个细节。韩佳琪也没想到会和老秦分手，而分开的理由竟也是那么幼稚。

已经三周了，老秦没有给韩佳琪发微信，当然她也没有主动找他。她这段时间正在改掉以前总是用手机玩微信的习惯，不到必要时刻已经不再碰手机了。

周日的一个下午，韩佳琪正坐在桌子前看书，门被重重地敲响，她跑过去开门。"你的快递。"是一个包装完好的文件袋。韩佳琪有点犹疑，但看到收件人确实是自己的名字，还是接了过来。

坐回床上，打开它，里面是一张张整整齐齐的信纸。熟悉的字迹，提醒着那些仿佛早已被遗忘在角落的往事。

老秦像那些年一样，在信中絮絮叨叨最近发生的事情。他说他目前住在宋庄一个朋友家，那边环境很安静，适合创作和思考。还说小说已经结尾了，出版社已经与他签了合同，版税比上一本书涨了几个百分点，他说他很高兴，他看到了希望。他说编辑说了，只要他坚持写下去，一定可以让更多的读者看到自己的作品。

老秦还说没有韩佳琪在，他每天炒的菜，要么特别淡，要么特别咸，因为没有韩佳琪帮他尝。他之前说过，他做的每一道菜都是为韩佳琪做的，做好后必须韩佳琪先尝，咸淡合适才能出锅。

老秦还说他每天早上还是习惯性地煮两个鸡蛋，一个自己吃，另一个放在袋子里等着韩佳琪来拿。到今天，桌子上已经放了21个水煮蛋了。

韩佳琪扑哧一声笑了出来："这个傻瓜。"

漫长的夏季还没有过去，空调依旧发出老牛般的喘息。滴答滴答的水珠，顺着扇叶滴到了韩佳琪的肩膀上，凉凉的，像眼泪。

韩佳琪合上信纸，愣愣地看着文件袋。几秒钟后，好像突然意识到了什么，韩佳琪疯狂地冲出家门，穿着拖鞋跑下六层，看到送快递的车还在楼下没有开走。

"刚才那个文件袋，为什么不需要签收？也没有寄件人的地址？"韩佳琪气喘吁吁地问快递员。

"哦，有个男的让我帮忙送到你家，这人也挺奇怪的，干吗不自己上去……"

没等快递员说完，韩佳琪就沿着路跑了出去，一直跑到小区门口，才看到那个熟悉的背影。

韩佳琪站住，大声喊着老秦的名字。这一次，她不会再让他走了。

五

一个人新的习惯和想法由形成到巩固需要21天的时间，这个理论在行为心理学上被称为"21天效应"。虽然从行为上来讲，韩佳琪并没有改掉不玩朋友圈的习惯，因为那个周日的下午她更新了一条朋友圈动态，发的是她和老秦的合影。那也是我第一次见到老秦的照片，他不老，甚至可能比我还年轻，他们脸贴着脸，韩佳琪揪着老秦的一只耳朵，两人张大嘴巴笑得非常夸张。

但从心理上来说，韩佳琪变了许多。从我的角度上，我除了看到她工作更卖力了，还能感觉到她的心境也成熟了不少。

那天，我听到她在和刚来的实习生聊天，具体话题忘记了，但她说的这段话我印象很深："互联网时代，大家喜欢粉饰自己的生活，但过度沉迷不是好事情，那只是生活的工具而已。别人的生活也许丰富多彩，但我们终究要过着属于自己的小日子。我们都是平凡的人，每个人都有独属于自己的让别人羡慕的生活。"

文／程沙柳

多面人生

当勇气擦亮了黑夜的眼睛，夜半场也值得全力以赴。

一

凌晨 12 点，室友差不多刚好睡下，我的闹钟响了。翻身起床，我轻手轻脚走进浴室洗脸穿衣，化好日系妆，套上复古羊皮风衣，推着拉杆箱出门。

小区里的洋槐已经开花了，夜里的空气还有些微凉，我挺直身子深呼吸，使劲闻了闻，这才觉得完全苏醒。街上有不少人，三三两两朝着同一方向漫步，谁也不着急。路灯打在他们的脸上，一眼扫去，都是年轻的面孔。

穿过两条街，十字路口东侧立着一个仿古的牌楼，这就是鬼市的入口。这里没路灯，大家都靠手电，我赶紧掏出手机，旁边不时有灯光晃我两下，我也回晃过去。这是熟人打招呼的方式。走到以往的摊位，我拉开箱子，抽出绣着《神奈川冲浪里》的挂帘布，展开，铺在地上。翻开拉杆箱，一倒，衣服摊在上面。

鬼市刚刚开张，得到凌晨2点半人气才旺些。码好所有衣服，我开始四处张望，看看有没有熟人在附近，我好让他们帮我看摊儿。我喜欢偷个小懒，随便逛逛，瞧瞧有什么新鲜玩意儿。

"今天带什么了？"有光照在衣服上，我抬头一看，一个二十岁出头的小伙子，手里拿着滑板，笑眯眯瞧着我。我报以回笑，老顾客了。

"今天全是刺绣夹克。还不收一件？"

"我先滑两圈，待会儿再过来。回见。"

我是一个卖古着的鬼市摊主。每周三凌晨，我拉着自己收藏的二手衣服，到鬼市摆摊贩卖。所谓鬼市，就是日夜颠倒的跳蚤市场，三更半夜时人满为患，太阳升起后空空如也。这里卖的多是二手商品，民国时代的老物件、真假难分的文玩玉器、回收淘汰的电子产品，还有手工艺品、摆设、复古衣服……大多数没什么实际用处，难得的是新鲜好玩，独一无二。

据我所知，北京散落着好几处鬼市。我摆摊卖古着的地方是最有名的。它位于北京东南角，四方桥外，每周三凌晨开市。这里大概1000平方米，北边还有一片停车场废弃许久，成了滑板少年的游乐园。

刚和我打招呼那位，就是深夜出来玩滑板的。

4点多，我碰见两位头回逛鬼市的姑娘。一问才知道，她们是附近大学的学生。比起地上的衣服，她们对这里的人更感兴趣。两个姑娘可能有点不好意思，各收了一件夹克才张嘴问我："在这里摆摊能挣多少钱？"

我抿嘴一笑说："真挣不了什么钱，有时候随便逛逛，看上喜欢的东西，剁手一下还得倒贴钱。"两个姑娘瞪大眼睛，好像在说，不挣钱，费这么大劲图什么？

我说："舒服。"她们悻悻地走了。

清晨6点，卖家纷纷撤摊儿。我收拾好箱子，到市场北边的小餐馆吃了一碗10块钱的板儿面。按照惯例，夜里卖出衣服，给自己加一个丸子。

有些事我的确没告诉那两个姑娘，说不出口，感觉她们也很难理解。

北边停车场玩滑板的，有一半是互联网公司的程序员；东南把角那个卖手办的，白天在证券公司上班；隔三岔五，你还能看见住在百子湾的模特和小明星，网络上赫赫有名的段子手，还有无数家青年文化媒体的员工。我们深夜聚在这里，借着夜色，展露真实的一面。

深夜的鬼市，是我们斜杠青年的派对。

二

白天的我，是一名私立口腔医院的护士。

口腔医院主要面向老年人。我的主要工作，一是在诊室里协助牙医动手术，清洗、递送工具；二是在明亮整洁的大厅安抚就诊的大爷大妈，端茶倒水，在就诊前后陪他们聊天。比起口腔问题，他们更需要心理的慰藉。都说老小孩老小孩，意思就是，得有人哄他们开心。工作并不复杂，唯独需要极大的耐心。乖巧和嘴甜是重要的技能。我挺胜任这份工作，几乎每个月都有就诊的大妈想给我介绍对象。

有时，我会站在洗手间的镜子前，看到这么一个人：乖巧的邻家女孩，化淡妆，穿白大褂，露出温暖的微笑。她很讨人喜欢。但我知道，这不是真正的自己。

大概十七八岁的时候，我开始喜欢古着，喜欢它们散发出的古典质感。有一回，我翻出妈妈的衣服，挑出一身穿上，参加朋友们的聚会。没有人说我老气，都夸我太潮了。从此我开始攒钱买古着，同时有意识地寻找卖古着的人和店铺。时尚在显而易见地轮回，过去的衣服重新进入潮流。且不说每一件古着背后蕴藏的故事，单论好看，就足以令我着迷。

前年年底，我在网上认识一位古着卖家，专卖印花衬衫和棒球服。古着这种东西，必须亲眼看见，摸在手里，才能知道它的成色、质地。于是我问她，有没有实体店。她说没有，如果我愿意，可以到她的家里看看，那相当于她的仓库。我犹豫好久，没等回复，她发来一个坐标，说周三凌晨她会在这地方摆摊。我一看，离我住的地方相隔两条街。那时候，我只听说过有这么一个地方，不知道在哪里。

我本来就是夜行动物，一到三更半夜就想找点事做，不忍浪费夜里的时光。我叫上两个朋友，在家窝到12点，喝了两杯酒，暖暖身子，裹上羽绒服，出发。

那是我第一回逛鬼市，用四个字形容：大开眼界。整整一夜，我都处于异常兴奋的状态，感觉脑袋里有无数盏小灯泡，不断地被点亮。不知道是遇上太多同类，还是被这里的氛围所吸引，总之心里有个念头，往后每周三半夜都要来这地方逛逛。

我们在鬼市靠南边一点遇到了那个卖家。没有提前联系，看摊上摆的棒球服我就知道是她。走过去的时候，她的摊前正围着一群和我差不多大的人。每个人都一手拿着手机照亮，一手扒拉衣服。我几乎立刻冲了过去，害怕自己想要的被抢走。

天亮时，我们满载而归。我双手提着两个黑色的大垃圾袋，里面装满了衣服。两位朋友，一个收了一台前南斯拉夫的打字机，一个收了两本民国时代的街头影集。我们在十字路口就地解散，我腾不出手说拜拜，只好摇头晃脑，看着她们上了出租车。

直到去年3月，逛鬼市对我来说已经轻车熟路，我在那里得到满满一屋心肝宝贝。屋里已经没地方落脚。衣柜、地面、床上都堆满了古着，我睡觉的时候不得不保持一个姿势。这才想起，或许我也能在鬼市摆个小摊卖衣服。这个决定，让我收获了好些有趣的朋友。

三

5月的最后一个周三，我在鬼市遇见小严。

小严有个外号叫"河北池子"。小眯眼，戴眼镜，又高又瘦，不光外貌和脱口秀演员池子很像，连说话的语调、节奏，甚至比画的手势都和池子完全相同，又因为是河北人，因此得名。白天，他是公众号写手，分别给潮牌、滑板、音乐三类公众号写稿，基本不出门。深夜，无论稿子写没写完，他都要在街上乱逛几圈，找家路边摊觅食，周三夜里逛逛鬼市。不熟的人都以为他就是宅男一枚。

小严最大的爱好，就是收藏二手衣服。

那天夜里3点多，他走到我摊前，嘴一咧："哟嗬，全是刺绣夹克。"

开始我在跟别人说话，没注意到他。后来我发现，他跟一般买衣服的不太一样。别人都是挑出一件，试试，觉得不好放回去。他是拿起一件，两手一抖，展开了，看一眼，扔到自己跟前，接着下一件。没一会儿工夫，他面前那堆，就占了我所有东西的一半。"一共多少钱？"他问。

"10件，算你1500。"

他上半身往后一缩，小眼睛突然睁开了，好像吓了一大跳。

"别闹了妹妹，我没带那么多，手机里也没有啊。"

没钱还叫我妹妹？还说我别闹了？按说，哪个卖家都不喜欢这样的，有点脾气的已经生气了。但是他那副样子，那表情和语调，逗得我哭笑不得。

"这样吧，你看我身上这件皮夹克怎么样？我抵押给你。"说着脱了外衣，递给我。

此刻我才注意到这件深棕色的皮夹克。它又肥又皱，蠢得不像样子。然而翻开了，内衬上的东西立刻吸引住我的眼球。那是一面针织的美国国旗。国旗下面写着十国的语言，中文有些已经磨得看不清了，不过能判断出大致的意思：我是美国人，不懂这里的语言，请将我送到安全的居所，提供干净的食物和饮水。我的政府必会报答你，给你应得的报酬。

小严蹲下，伸手指了指皮夹克左胸口。那里有个手指大小的黑窟窿。是一枚弹孔。

我倒吸了一口凉气，一种酥麻的感觉顺着脊椎滑上来。

这件衣服背后的故事，远远大于它本身。每一个收藏二手衣服的玩家，都会为这样蕴含时代感的东西着迷。

"据说当时美国飞行员的腰带里都藏着十枚一盎司的金币，配上这件衣服，就是为了在任何地区迫降以后能活下来。可惜衣服的编号已经磨得看不清了，不然还能试着找找死者的身份。"小严说。

我问他这件衣服在哪里收到的。他说在济南的鬼市，只有深夜的鬼市才能找到这样的东西。

那晚我收下这件皮夹克，让小严拿走了10件横须贺夹克。自那以后，小严每周三都会到我的摊儿上看看，挑几件衣服走。我们互留了电话号码，打了几回电话，我发现他是个特别幽默的人，同时对衣服的了解甩我十几条街。我耍赖皮，想交换那件皮夹克，他死活不肯，但是也没急着要回去，每次提起都说："喜欢你就先穿着，回头咱一块演《扒马褂》。"

后来我才知道，不光北京的鬼市，河北、天津、济南的鬼市，他都逛遍了。

6月中旬，小严拉我进了一个微信群，群名叫"午夜游魂"。里面全是喜欢半夜活动的年轻人。除了鬼市大多数摊主和老买家，还有练滑板的、长途骑行的、做音乐的、写诗的等等，最有意思的是一个保险推销员，喜欢在深夜的健身房独自练习举重。所有人白天与黑夜的身份都截然不同，所有人都在夜晚得到了白天得不到的东西。

午夜游魂的群公告是：夜色这么美，不要糟践它。

四

去年6月底，我在午夜游魂群里收到消息：鬼市场地要在7月施工重整，施工起码要半年，之后建成什么样不知道，有没有鬼市也是未知。零星的慌乱后，群主发了一条语音：办个告别派对吧，大家都来玩。这个主意得到群成员的一致认同。当晚，大家就敲定了派对主题：交换。

有物件的交换物件，没有物件的交换技能。夜行动物大显身手的时候到了。

我买了一个带滑轮的衣架子，挑出20件古着，准备看见喜欢的拎出一件交换。

7月的第二个周三凌晨，我将衣服裹在一个大包裹里，背好，抱着衣架子下楼。到楼下一件一件挂好衣服，收拾包裹，推着架子走向鬼市。

进入市场我才发现，这里已经变成了一片废墟。原先的地砖都被掀翻，露出下完雨后潮湿的泥土。新搬来的砖瓦、沙子、钢筋堆得到处都是，整片区域几乎无处落脚。我在群里发了一条消息询问。两分钟后，有人回复：北边停车场。

于是我抱起衣架子，像只笨重的狗熊，慢吞吞地走向停车场。几十根巨大的水泥管将那里和整片市场隔绝开了。

我先听见人声，接着透过水泥管，看见一盏盏灯光。

没地方过去，我只好重新把衣服塞进包裹，从水泥管中间爬过去。停车场剩下不到200平方米的空间，也不必推着衣架子乱窜了。钻出水泥管，光线突然变得强烈了。有人在水泥管这一面挂了无数圈暖色的灯串。

那天夜里，午夜游魂的人几乎来齐了。我用四件衬衫交换了两本绝版诗集和一块倒着走的手表，又用两件棒球服和一位滑板高手许下不平等条约：他要在以后每周三、周五夜里另找一个地方教我滑滑板，直到我能踢个大乱为止。这大概够我学一年了。

学习滑板这项技能，一直躺在我的愿望清单里，现在终于提上夜间日程了。

凌晨3点，小严到了，背着包，手里拎着两个小号音箱。看见他和他手里的音箱，大伙儿一阵欢呼。在他身后，还跟着一个戴贝雷帽的男孩。小严说，这朋友也是一个"午夜游魂"，听说今夜的派对，特意从济南赶过来。说完从背包里拿出一个小型调音台和麦克风。贝雷帽男孩接过话筒，朝大家打声招呼，接着突然来了一段即兴："我是一个语文老师，也是一个说唱歌手，白天教孩子们认字读课文，晚上翻字典找押韵写歌词……"

我们坐在水泥管子上听着，然后鼓掌欢呼。

天亮时分，派对散场。大家哈欠连天，显得很疲惫。

再过两个小时，我就要回到医院，微笑面对就诊的大爷大妈；小严要坐到椅子上，写第七十多篇关于明星与潮牌的软文；玩滑板的程序员要回到敲代码的世界；举重的保险推销员要拿起电话，面对新一天的业绩；就连戴贝雷帽的说唱歌手，都要乘坐火车回到济南，带着孩子们朗诵课文。不过没关系，疲惫的身体挡不住心里的满足，因为我们需要这样的夜晚。

口述／赵佳琪

六十五岁开始北漂

父母总是想把全世界最好的爱给孩子，没有值不值得，只有愿不愿意。

一

大舅是我们乡医院的院长，医术高明，在家乡很受尊重，很多老年人来医院看病，都点名找他。

但真正让大舅在家族里感到光彩的，是他的儿子，也就是我的表哥。作为家里第一个到过北京的人，表哥曾是我们家族里的明星。

2002 年，我还在上初中时，表哥已经在北京读了大专，学的是中医专业。毕业后，表哥找了份医药代表的工作，准备继承大舅的医学事业。

家乡的亲戚们都夸表哥见过大世面，没有他不会的东西。2008 年，表哥又做起茶叶买卖，亲戚们又夸他本事大，能闯，不赚死工资。

每年正月初二，回家过年的表哥都是家族里的焦点。表哥也不含糊，向我们讲他见过的明星、看过的豪车。大舅则在一旁默默地给刚进门的客人发着烟，分享着儿子带来的荣耀。

与表哥形成鲜明对比的是，我其他一些表哥表姐要么在县城移动公司当营业员，要么在乡卫生院当大夫，要么考了村官，每个月 2000 块钱，骑着电动车上街或下乡，连去趟市里办事都觉得是件了不起的事情。

表哥最光宗耀祖的事是在 2010 年娶了表嫂，一个北京郊区姑娘。那天，他开着奥迪车回来，和高大漂亮的北京表嫂下了车，真有些衣锦还乡的味道。

婚礼在我们县城最好的酒店举行。大舅当了多年的院长，在乡里很有威望，酒席摆了 30 多桌。北京来的表嫂嘴甜，带着一个 8 岁的小侄女，见到所有亲戚都叫得很亲。一旁的表哥兴高采烈，俨然成了北京人。

唯一有些困扰大舅的，是北京的"房事"。表嫂的家在北京近郊的平谷山区，家里种着一片片的桃林，无论怎么拆迁也不会拆到她家，所以还得在市里买套新房。那时，表哥刚做茶叶生意，天通苑的房价一平方米 6000 多元，全款也就 60 多万，表哥有些犹豫，持观望态度。

后来，北京的房价越涨越高，表哥决定不在北京买房了，对大舅，包括家里的亲戚解释说，那么贵的房子，谁买谁吃亏，还说在北京租房也挺好，能住在市中心，离天安门也近，干什么都特别方便。

亲戚们本来对婚后租房还有些意见，听说离天安门那么近，肃然起敬，也就不再说什么，还说新闻上天天报北京房子谁都买不起，看来是真的。

二

2005 年，我考取了北京的一所大学，成了家族里继表哥后，第二个来北京的人。很难说我来北京不是受了表哥的激励。还在我读高三时，他就鼓励我考北京的大学："奥运会快要开了，全世界的人都想来北京啊！"

跟随表哥的步伐，我也来到了北京。亲戚对我同样赞许有加，但赞赏程度远不及表哥。

2011 年，也就是表哥意气风发迎娶到表嫂的第二年，我和刚从非洲外派回来、拿到北京户口的男朋友，决定在快到八通线终点的地方买套房子。

我们当时看的都是房产网上最便宜的房子，一万多一平方米，首付 30 多万。男朋友手上有在非洲攒的 20 万存款。我想找我爸妈借点，他们不肯，说我还没结婚，又是女孩子，买什么房子呢。

男朋友无奈，去找他姐姐，把姐姐的房子抵押贷款贷了 10 万，加上朋友借的钱，买了那套房子。房子是期房，两三年后才能交付。每月得还几千元的贷款，还要在一年内还清他姐姐抵押贷款的 10 万块钱，压力颇大。

买房的事在我家亲戚间流传开来。起初，亲戚还很好奇："北京房子那么贵，你们要长留在北京吗？"我男朋友给出了和表哥迥异的回答："贵是贵，还是想方设法凑钱在郊区买了一套。"

很快，亲戚们把同样在北京的我男友和表哥做了比较，得出的结论是，表哥去了这么多年，竟然还没有自己的房子，太说不过去。

甚至，表哥曾经的明星光环也遭到了亲戚们的质疑："他每年的车是不是租回来的呀，有时候是奥迪，有时候是宝马，每年都不一样。"

表哥对我们买的房子倒是充满不屑："什么？通州，那么远啊。你以后上班怎么办，岂不是要累死。"

表嫂生了孩子后，我去了趟表哥租的房子，在南三环边上，周边挺繁华。房子客厅很小，只能摆一张小方桌，桌上摆着一盘没吃完的红烧带鱼，旁边还堆着一箱箱的茶叶。

后来，我怀孕了，我妈来照顾我的时候，也去看了表哥租的房子，回来感慨了好几天："你说你舅妈那么爱干净的一个人，住在那么小的房子里，怎么能住得下去。放着家里那么大的一套好房子空着，非要来北京挤，真是受罪。"

那年，舅妈也从乡医院退休了，来到北京给表哥带孩子。大舅还没退休，带着80岁的外婆住在卫生院里。乡卫生院里一般都是老人来看病，同时挂着卫生院和养老院两副牌子。外婆住一个开间，大舅住一个开间，外婆给大舅洗衣做饭。

三

之后那几年，中央八项规定出台，私人送礼、企业发福利都管得很严，表哥的茶叶生意受到影响，越来越难做。舅妈多次跟表哥说，不如回老家考个公务员，跟其他那些表兄弟一样过安稳日子，或者接着做生意也行。

表嫂听到这话很生气。她过年都不愿意去我们老家，受不了南方没有暖气、湿漉漉的气候，也受不了家里那么多亲戚，更别说去我们县城生活了。据说，当年表嫂决定嫁给表哥时，表嫂全家人都反对，不愿意她嫁给一个小县城没北京户口没房子的人，而现在，即便表嫂同意跟表哥回去，她娘家人也不会同意。

表哥听了也恼火，在他看来，老婆是北京人，孩子也是北京人，他在45岁以后也能把户口按夫妻投靠随迁过来，成为北京人。而回到家乡，意味着以前在亲戚们面前说过的愿景都灰飞烟灭了。

舅妈又提出把小孙子抱回老家带，之后在老家上幼儿园。表哥表嫂哭着闹着也不同意，说那会让孩子成留守儿童。更重要的是，北京的教育无论如何都比小县城好太多。

每当说起孩子，全家人的火药味都能平息。在中国家庭，长辈们即便在其他方面有再多分歧，涉及孩子的教育，都会做出让步。

2012年，大舅退休了，也来到了北京。80多岁的外婆一个人住在了老房子里。老房子很大，很干净，门口还有一棵山茶花，但房子在一个山坳里。邻居们都出门打工了，方圆500米内就外婆一个人。

每天下午4点太阳快落山的时候，外婆把院子门、屋子门从里面反锁好。邻居家没人，但有只大狼狗，外婆每天给大狼狗喂吃的，让大狼狗"帮忙"看门，一有动静，狗就会叫。

大舅离开外婆去了北京，亲戚们对此都很有意见。虽然我还有个小舅，但之前的协议是外婆生前的一切由大舅负责，死后的葬礼由小舅负责。而现在，大舅去了北京，让体弱多病的老母亲一个人待着。万一出点事，身边连个照应的人都没有。

小舅让外婆去县城跟他一起住，外婆不愿意。她总说，小舅家住五楼，要爬楼梯，她爬不动，自己在家住着，也挺好的。

四

大舅来北京后，找了一家诊所的工作，加上退休金，每月有6000块钱的收入。他决心攒钱给儿子在北京买房。

表哥租的房子在南三环，大舅上班的诊所在圆明园附近。大舅从南三环到诊所，每天要挤一个半小时的地铁，还要倒两趟公交。

65岁的大舅挤地铁挤不过年轻人了，所以更愿意在诊所值晚班，还能拿到值班补贴。他在诊所附近租了一间小房子，一个人住着。

我没去过大舅租的房子。大舅嘴上对房子很满意："房子挺大，虽然是半地下室，但是有窗户的。不好的一点就是冬天没有暖气，我就拿个电热毯铺在床上，盖上被子，再把羽绒服盖上，也很暖和。"

大舅是倒休，周末上班，周一到周五有一天休息。休息的时候，他就会去表哥家看小孙子。大舅的朋友圈是典型的中老年人朋友圈，除了转发做人道理和中医养生的文章，就是小孙子的照片了，有小孙子重阳节画的画、小孙子调皮时打的滚，还有小孙子在北京多个景点拍的照。

2015年，北漂的大舅一家终于盼来了特大喜讯：有北京户口的表嫂摇到了一个自住商品房的号。

那一年之前，北京出了很多的自住房摇号指标，自住房的房价是周边房价的70%，均价在2万左右。当时，我身边很多单身的、刚拿到北京集体户口的同学也都会准备几档案袋的材料，每出来一次摇号机会就跑去申请一次。

他们显然竞争不过表嫂。表嫂在申请材料上写着，一家五口挤在租来的40平方米房子里，没有正式工作，因此在申请的时候，属于优先人群。

表嫂一家把所有能申请的自住房地块都申请了，最后中签的是地铁6号线终点再往北开车20分钟的一个地方，都快到河北的地界了。

大舅第一次去那儿看过后说："还不如我们老家农村呢，破破的工地，旁边就是火葬场，一会儿一辆灵车，倒霉死了。"房子在两年后才能盖好，户型均朝北，卫生间也没窗户。

看完房，大舅有些犹豫，卖房的销售催促说，你们买不买，不买还很多人等着呢。最后还是表嫂拍了板，说不管怎么样，我家小宇也3岁了，不管好坏，总得给宝贝儿子买套房子。

"他可是北京人啊，怎么能连套房子都没有呢！"

这句话戳进了在场所有人的心里，大舅没有再犹豫，付完了10万的押金，开始凑40多万的余款。

五

表哥多年来没有攒多少钱，房租每月 3000 多，养车每月 1000 多。大舅这两年靠退休金和工资攒了一些，但还是差很多。表嫂每月的钱，按舅妈的说法，也就够自己花。而表嫂不愿意向娘家借钱了，娘家刚给她开货车的哥哥在平谷区中心地带买了房子，拿不出钱来。

筹钱的事还得靠大舅。平时没怎么求过人的大舅请假回了老家，跟每个兄弟姐妹借了一遍，大家各自掏出一两万意思了一下，连外婆也拿了一万。当时我们老家民间借贷刚刚兴起，亲戚们借口把钱借给了我开伐木场的叔叔，都说手头紧。

表哥也给我打了电话，聊了几句我们那套房子的周边发展后，说想要问我们借五六万块钱。

我做不了主，打电话问老爸，老爸说别借，借了就是白送了。以前表哥跟他做生意，总是欠钱不还。

老妈坐在一旁，抱着孩子说："有钱还是借他一点吧。"她欲言又止，语气近乎哀求，说我们家盖房子的钱还是大舅借的呢，借了 3 万块钱。"那可是九几年啊，3 万块相当于现在十几万了吧。"

老妈有点哽咽，越说越多，说大舅对她最好了。我小时候生了病，她抱着我去乡医院，付不起两块钱的药钱，想去跟在乡中学做饭的外公借，回来的时候大舅已经把钱付过了。

说起大舅，老妈能一秒钟变回一个崇拜大哥的小妹。她说大舅当年一个人当兵，退休回来自学成医，家里随时放着本《本草纲目》，后来进了乡医院当医生，一直坐到了院长的位置，乡里几乎所有的老人都点名找他看病。

最终，我没能借钱给大舅。当时我和老公每月要还5000元的房贷，付4500元的房租，加上孩子刚出生也要花钱，家里的经济状况捉襟见肘。

或许被逼到了绝境，曾经在县城生活体面的大舅卖掉了老家的宅基地，得了3万块钱，还为此和小舅吵翻了脸。

按理说，大舅应该把这3万块钱跟小舅平分，但大舅就给了小舅一万。后来，小舅从买宅基地的人那里知道了价钱，气急败坏，打电话给我所有的姨姨们，把大舅骂了一顿。

姐姐们为小弟打抱不平，给大舅打电话问怎么回事。大舅那时正在陪表哥表嫂签购房合同，挨个解释说当年宅基地是自己当兵回来建的，小舅那时才8岁，什么都没干，石头也没挑，土也没推，自己就该多得一点。

说得好像是有道理，但兄弟姐妹们还是会抱怨，大哥总该提前说一声吧，自己私藏起来还不是心虚。小舅放出了狠话，说有大哥的地方就没他，看到大哥，他立马走人。

卖掉宅基地后，大舅又卖掉了县城里120平方米、大三居的房子。那房子南北通透，阳台上还能种菜，却只卖了20万。

那套大房子是大舅为表哥结婚准备的，自己将来也能养老。表姐很反对大舅卖房，她总觉得表哥还会回来，就算表哥不回来，大舅和舅妈也会回来养老的。但最终，房子还是卖掉了。

六

勉勉强强地，大舅凑够了首付，一家人算是在北京有房了。

大概是房子给了他回家的底气。2017年春节，已经3年没回家的大舅回了趟老家。

大舅肯定能想到，3年里自己被亲戚们说尽了闲话。在县委组织部当部长的二姨就说得很直接："为了儿子，连老娘都不要了。"

我猜大舅不回家也有经济考量。弟弟妹妹都长大了，小一辈结婚搬家的事都得随礼，我老爸每年随礼都要花去上万元，更别说是前院长的大舅了。

可伴随大舅回家的，是他在县医院住院的消息。

亲戚们还没来得及冷嘲热讽，就慌张地跑去医院。我到家后，直接从高铁站到了病房，所有的姨姨都到了。舅妈在旁边热情地迎来送往，5岁的小孙子躺在床尾，兀自玩着手机里的游戏。

大舅招呼我们坐下，脸色发黄，本来魁梧的身体看起来像泄了气的皮球。他住院已经住了十几天，医生说，大舅的肾有点衰竭，眼睛也有点出血。

大舅的糖尿病从 10 年前就检查出了，一年 365 天，他每天都要吃降压药降糖药，每天自己给自己打胰岛素。今年元旦北京雾霾最严重的时候，他的血压一直 210 以上，而血糖一直 13 点多，打胰岛素也降不下来。

医院体检发现，有一项肾功能指标偏高，住院后，大舅的眼睛也出现了轻微出血的并发症。医生建议打抗糖尿病眼睛并发症的针，一针 5000 多元，要打五六针。大舅没打，因为是异地医保，报销很麻烦，索性提前回了老家，在县医院住院降血压和血糖。

亲戚们都劝大舅快回来吧，在北京工作太辛苦了，电视上天天报道北京雾霾，对老年人身体特别不好。大舅还没说话，舅妈就接上了："北京工作还是很轻松的，你们不知道，他特别快活。他如果回来，一个人在家，也没人给他做饭，提醒他吃药。"

更重要的是在北京已经买了房子，大舅和舅妈变得理直气壮了，躺在病房里，三句不离那套房子。

"我肯定会好好养着的，明年就该交房钥匙了，回去就该装修房子了。"

"那房子虽然还没盖完，现在已经涨到 5 万一平了，北京市政府已经搬到通州了，离我们房子也就半小时。"

可大家对大舅说的还是，赶紧养身体吧，不行就回家歇着。

一会儿，小舅也来了，带着草莓和火龙果这类糖尿病人能吃的水果，塞了大舅200块钱。

过年前，大舅出了院。正月初二，我们又和往年一样团聚在外婆家。外婆85岁了，大舅买了一个大蛋糕，中间有个大寿桃。外婆不愿意戴生日帽，大舅就把生日帽戴在了小孙子头上。

吃完蛋糕，我们拍了全家福。全家36个人，四世同堂，地上乱跑的第四代孩子就有十几个。外婆不喜欢吃蛋糕，但拍照的时候特别开心，两个舅舅就站在她的两侧。院子里山茶花盛开，欣欣向荣。

在移动公司当营业员的表姐考上了村官，过完年要入职，已经快35岁的她还在跟20多岁的表弟请教经验，当了两年村官的表弟已经当上乡长助理了。

众亲戚夸表姐考上了公务员，就像当年夸表哥去北京那样。表哥趁着团圆的气氛，发出了邀请："等我的新房子装修完，大家一起去北京玩一趟。"

这一次，没有人做出响应。

那天，舅妈不停地给小孩们发红包，后来在厨房还开玩笑说："今天发红包就发了3000多块钱，再发下去回北京的路费都没了。"

正月初六，大舅在群里发了消息：亲人们，明天又要去当北漂了，祝大家新年快乐，老母亲还得大家帮忙多照应着点，感谢。

第二天是高速免费的最后一天，大舅和表哥表嫂先回去了。舅妈想带着小孙子在老家多待几天，计划等3月份幼儿园开学了再回北京。

文 / 方然

真 实 打 动 世 界

真实故事计划

真故书店

新浪微博：@真实故事计划
官方网站：http://www.zhenshigushi.net
投稿邮箱：tougao@zhenshigushijihua.com

图书在版编目（CIP）数据

新北漂叙事 / 雷磊主编 . -- 北京：台海出版社，
2020.11
　ISBN 978-7-5168-2755-0

　Ⅰ．①新… Ⅱ．①雷… Ⅲ．①故事－作品集－中国－
当代 Ⅳ．① I247.81

中国版本图书馆 CIP 数据核字（2020）第 178932 号

新北漂叙事

主　　编：雷　磊
出 版 人：蔡　旭
责任编辑：王　萍　　　　　　策划编辑：殷颜晓
封面设计：曾　杏　　　　　　内文版式：王晓园
出版发行：台海出版社
地　　址：北京市东城区景山东街 20 号　　邮政编码：100009
电　　话：010-64041652（发行、邮购）
传　　真：010-84045799（总编室）
网　　址：www. taimeng. org. cn/thcbs/default. htm
E － mail：thcbs@126. com
经　　销：全国各地新华书店
印　　刷：北京中科印刷有限公司
本书如有破损、缺页、装订错误，请与本社联系调换
开　　本：787毫米 ×1092毫米　　1/32
字　　数：162千字　　　　　　　印　　张：8.5
版　　次：2020年11月第1版　　　印　　次：2020年11月第1次印刷
书　　号：ISBN 978-7-5168-2755-0
定　　价：35.80元